우리는 왜
막장드라마에
열광하는가

드라마 '오로라 공주' 로 보는
한국 사회 대중 심리

TV Drama Why?

우리는 왜
막장드라마에
열광하는가

TV Drama Why?

최성락 윤수경 _ 공저

프로방스

차 례

드라마의 어떤 점이 시청자들을
끌어들이고 있는 걸까?

2013년 가을과 겨울, 인터넷 포털사이트에 계속해서 거론되는 드라마 이름이 있었다. 일일 드라마 〈오로라 공주〉이다. 네이버나 다음 같은 포털사이트에서 방영중인 드라마가 거론되는 것은 특별한 일이 아니다. 그러나 오로라 공주에 대한 인터넷 기사나 댓글은 다른 드라마와 다르다. 다른 드라마들에서는 내용에 대해서 이야기 하고, 배우들의 연기, 명장면, 줄거리의 전개 방향 등등에 대해서 이야기를 한다. 그런데 오로라 공주에 대해서는 그런 것들보다는 비판에 대한 목소리다. 오로라 공주를 욕하는 이야기들로 포털사이트가 채워진다.

언론은 그 사회의 표상이다. 언론에 어떤 이야기가 오르내리느냐 하는 것은 현재 그 사회가 어떤 상태인가, 어떤 것에 관심을 가지고 있는가, 어떤 문제가 있는가를 나타내주는 징표들이다. 언론에서 문제시되는 이야기들이 옳은가 그른가도 이슈가 될 수 있겠지만, 사회적으로 더 중요한 것은 그런 것들이 문제될 수 있는 사회 환경이라는 점이다. 언론에서 관심을 가지고 논의되는 이야기들은 현재 그런 현상이 한국 사회에 존재한다는 것, 한국 사회에서 관심을 가지고 있는 문제라는 것을 말해주는 것이다.

오로라 공주는 2013년 봄부터 방영된 드라마이다. 이 드라마를 보고 관심을 가지는 사람들은 2013년 봄부터 존재해왔다. 일반 드라마와 같이 인터넷 연예란에서 조금씩 조금씩 이야기되어 왔다. 그런데 2013년 가을부터는 오로라 공주에 대한 이야기가 인터넷에서 큰 이슈로 대두된다. 그건 오로라 공주의 스토리 전개 때문이었다. 보통 상식에 맞지 않는 이야기들, 드라마의 내용이 사전에 전혀 소개되지 않는 비밀주의, 그리고 무엇보다 출연하는 배우들이 계속해서 죽거나 사라지는 전개가 큰 이슈가 되었다.

솔직히 너무하기는 했다. 드라마의 단역도 아니고 중요한 조연들이 10명이 넘게 사라졌다. 미국으로 가버렸다는 설정, 죽었다는 설정으로 이름을 알만한 조연급들이 계속 사라졌다. 그런데 출연 배우들도 자기가 드라마에서 빠진다는 것을 알지 못했다. 드라마가 어떻게 전개되는지 출연하는 배우들도 모르고 있었다. 제작진도 몰랐던거 같다. 드라마가 어떻게 전개되는지는 작가만이 알고 있는 거였다.

그래서 오로라 공주에 대한 비판의 반은 작가에 대한 비판이다. 작가가 이전부터 막장 드라마를 써왔다는 것, 신비주의를 포장하는 특성, 모든 것을 아무하고도 의논하지 않고 혼자 결정하는 행태 등등도 인터넷 상에서 문제가 되었다.

이런 드라마의 전개, 그리고 드라마에 대해서 비판적인 목소리가 높아지면서 그동안 오로라 공주에 관심이 없던 사람들도 관심을 가지게 된다. 그리고 소위 막장 드라마라는 것에 대한 비판이 높아지고, 드라마 제작 현실과 실태에 대해서도 비판을 한다. 나아가 작가 퇴출 운동, 막장 드라마 퇴출 운동 마저 나타나고 있는 중이다.

오로라 공주는 방송내내 논란에 휩싸였다. 드라마 내용 뿐만 아니라 드라마 외적인 제작 환경과 관련해서도 끊임없는 시청자들의 비난을 받았다. 드라마를 퇴출시켜야 한다는 비판, 작가를 퇴출시켜야 한다는 비판도 나오고 있다. 최근 10여 년 동안에 이렇게 욕을먹고 비판을 받고, 작품 내용이 비하되는 드라마는 없었다. 앞으로 10여년 내에도 이렇게 욕을 먹는 드라마는 없을거 같다. 욕을 먹고 비판받는 드라마라는 면에서 오로라 공주는 정말 독보적이다.

그런데 정말 이상한 것이, 오로라 공주 드라마는 그렇게 욕을 먹으면서도 연장 방송을 결정했고, 연장한 방송을 더 연장하느냐 마느냐로 논란이 되기도 했다. 정말 많은 비판을 받고 있는 드라마인데도 1차로 연장 방송을 밀어 붙였고 시청률이 고공 행진을 이어갔다. 평일 저녁 시간대에 방송하는 일일 드라마인데 20%가 넘는 시청률을 기록했다. 주말 드라마라면 20%의 시청률이 그렇게 높은 건 아닐 수 있다. 하지만 일일 드라마에서 20%면 정말 높은 시청률이다. 오로라

공주는 어디에 내놓아도 꿀리지 않는 히트한 드라마인거다. 많은 사람들이 보고 있는 드라마인거다.

그리고 오로라 공주의 시청률은 처음에는 그것보다 더 높았다가 20% 대로 낮아진 것이 아니다. 처음에는 7% 정도의 시청률로 시작했다. 그러던 것이 오로라 공주의 스토리가 전개되면서 20%대로, 거의 3배 이상 상승한 것이다.

정말 이상하다. 오로라 공주의 스토리 전개는 엉망이라는 비판을 받고 있다. 출연 배우들이 10명이 넘게 도중에 하차한 드라마다. 막장 중에서도 이런 막장이 없다는 욕을 먹고 있다. 이렇게 비판을 받는다면 시청률은 줄어들어야 한다. '처음에는 높은 시청률이었다가 막장으로 스토리가 전개되다보니 시청자들에게 많은 비판을 받게 되고, 결과적으로 시청률도 떨어지게 되었다'는 식으로 이야기가 전개되었어야 했다. 그런데 오로라 공주에서는 그렇지 않았다. 드라마 전개 과정에서 정말 많은 욕을 얻어먹었지만, 그럼에도 불구하고 시청률은 계속 올라갔다.

오로라 공주는 많은 역설을 보여준다. 드라마 내용과 전개에 대해서는 많은 비판을 받지만 그래도 시청률은 올라간다. 드라마를 빨리 끝내라는 비판이 높아지는 중에 연장 방송이 결정된다. 작가 퇴출 서명운동이 벌어지고 있는 도중에 시청률은 자체 최고시청률을 경신해 나간다. 드라마 작가에 대한 비판이 고조되고 있는 와중에, 드라마 작가가 천문학적인 수입을 올리고 있다는 기사도 나오고 있다.

오로라 공주에서 나타나는 이런 역설들은 드라마에 대한 반대자도 많지만 드라마에 대한 찬성자들도 많다는 뜻이다. 인터넷 상에서는 드라마를 욕하는 목소리, 비판하는 목소리들만 나오고 있지만, 그래도 오로라 공주를 지지하는 층이 존재한다는 뜻이다. 이건 오로라 공주가 단순히 드라마로서의 의의에서 벗어나 우리 사회의 어떤 면을 반영하고 있다는 것을 나타내 준다. 지금 한국 사회에서 논의되고 있는 오로라 공주는 현재 한국 드라마의 가치, 현실뿐만 아니라, 드라마를 보고 있는 시청자들, 그리고 시청자들이 몸담고 있는 한국 사회에 대한 어떤 면을 드러내주고 있다는 뜻이다.

이 책에서는 이렇게 2013년 가을의 한국 사회를 들끓게 만든 오로라 공주를 전체적으로 반추해보고자 한다. 오로라 공주는 막장 드라마이다. 그런데 막장 드라마라는 게 정확히 무얼까? 언제부터 막장 드라마가 한국 사회에서 나타나고 인기가 있게 되었을까? 그리고 오로라 공주는 도대체 무얼까? 오로라 공주 드라마의 내용은 도대체 무얼까? 드라마의 내용이 어떻게 전개되기에 그렇게 욕을 먹고 있는 걸까? 그리고 그렇게 욕을 먹으면서도 드라마의 시청률이 높게 나오는 것은 왜일까? 드라마의 어떤 점이 시청자들을 끌어들이고 있는 걸까?

나아가 사람들은 왜 오로라 공주를 보는 걸까? 인터넷 상에서는 그렇게 많은 비판을 받고 있는데 시청률은 계속 올라가는 이유는 무얼까? 오로라 공주를 보는 사람들은 도대체 누구이고, 왜 오로라 공주를 좋아하면서 보는 걸까? 또 오로라 공주가 히트치고 있다는 것은 한국 사회에서 어떤 의미를 가지는 것일까? 현대 한국 사회는 도대체 어떤 사회이기에 오로라 공주가 히트를 칠 수 있는 걸까? 오로라 공주가 한국 사회의 어떤 특징적인 면을 반영하고 있다면, 오로라 공주가 반영하는 한국 현대 사회의 특징은 무언 걸까? 그리고 오로라 공주 같은 막장 드라마는 과연 언제까지 한국 사회에서 인기를 얻을 수 있을까? 한국에서 막장 드라마는 완전히 정착된 하나의 장르인걸까 아니면 지금 현재에 반짝하고 사라질 하나의 트렌드일 뿐 인걸까?

오로라 공주는 2013년 5월에 시작해서 12월 20일에 종료되었다. 드라마 마지막 방송까지 오로라 공주에 대한 비판은 그칠 줄 몰랐다. 그러면서 시청률도 계속 높아졌고 인터넷 게시판에는 오로라 공주 이야기가 끊이지 않았다. 물론 칭찬하는 목소리가 아니라 비판하는 목소리들이었다. 이런 패러독스들은 사회적 현상의 여러 측면을 설명하기에 좋은 사례가 된다. 좋은 싫든, 옳든 그르든, 오로라 공주는 현재 한국 사회의 상징인거다. 오로라 공주에 대해 살펴보도록 하자.

01

막장
드라마는
무엇
인가

현재 텔레비전에서는
하루에도 많은 드라마들이 방영되고 있다.
인터넷에서는 드라마의 내용에 대해서
계속 이야기하고 있고,
찬성과 반대의 댓글들도 엄청나게 쌓여가고 있다.
하지만 이렇게 드라마가 그냥 우리의
일상 중 하나로 들어왔다 하더라도 드라마의
본질을 잊으면 안된다.

01장

막장드라마는
무엇인가

왜 드라마를 볼까?

막장 드라마 이야기에 들어가기 전에
드라마 그 자체에 대해 잠깐 짚고 넘어가자. 일단 드라마라는 건 뭘
까? 드라마라는 건 이야기이다. 스토리이다. 그런데 진실 된 이야기,
진짜 발생한 스토리는 아니고 가공된 스토리이다. 등장인물들이 어
떤 말을 했는지, 어떤 행동을 했는지를 진짜 발생한 진실을 바탕으로
쓴 것이 아니라, 상상 속에서 만들어낸 이야기이다.

진짜 이야기는 다큐멘터리, 뉴스이다. 하지만 드라마는 만들어낸
이야기이다. 있을 법한 이야기들을 만들어내는 경우도 있고, 아예 완
전히 있을법하지 않은 일들을 가공하는 이야기들도 있다. 일반 소설,
일반 드라마는 그래도 현실에서 있을 법한 이야기들이다. 하지만 스
타워즈같은 공상과학 이야기, 슈퍼맨, 아이언맨 같은 이야기들은 현

실에서 이루어질 수 없는 이야기들이다.

  이렇게 만들어낸 이야기들은 어떤 가치가 있는 걸까? 현대 사회에서는 이렇게 만들어낸 이야기들에 대해 높은 가치를 부여한다. 드라마는 희곡이다. 희곡은 사람들이 자주 쓰는 말은 아니지만 학생 시절 때 한 두 번은 누구나 들어보았을 말이다. 학생 때 예술은 무엇인가를 배울 때, 예술의 한 종류로 희곡이 항상 소개되었다. 음악, 회화, 조각 등등과 같은 예술의 장르 중 하나로 드라마가 포함된다. 즉 드라마는 예술의 한 종류인거다. 예술은 인간에게 빵은 가져다주지는 않는다. 하지만 인간이 인간으로서의 삶을 살아가는데 반드시 필요한 존재로 본다. 인간의 삶을 풍요롭게 하고 인간으로서의 사고의 폭을 넓게 해주는 아주 중요한 존재이다. 특히 인간의 창의성과 관련하여, 그리고 사람이 이 세상을 살아가는 가치를 규정해준다는 점에서 중요한 의미가 있는 것이다.

  드라마는 그런 예술의 한 종류이다. 현재 텔레비전에서는 하루에도 많은 드라마들이 방영되고 있다. 인터넷에서는 드라마의 내용에 대해서 계속 이야기하고 있고, 찬성과 반대의 댓글들도 엄청나게 쌓여가고 있다. 하지만 이렇게 드라마가 그냥 우리의 일상 중 하나로 들어왔다 하더라도 드라마의 본질을 잊으면 안된다. 드라마는 기본적으로 예술의 한 종류이다. 그 누구도 부정할 수 없는 예술의 한 장르이다. 그렇기 때문에 드라마를 보는 건 예술을 즐기는 거다. 클래식 음악을 들으러 가는 것과 같이, 미술관에 회화 작품을 보러 가는 것과 같이, 연극을 보러 가는 것과 같이, 드라마를 보는 건 예술을 경험하는 행위인 것이다.

드라마는 가공된 스토리이다. 가공된 스토리를 전달하는 매체들은 많이 있다. 가장 대표적인 것은 연극이다. 연극은 2000년 전부터 서양에서 이어 내려온 가공된 스토리의 전달 장치이다. 서양에만 이런 가공된 스토리의 전달 장치가 있었던 건 아니다. 한국에는 판소리가 있었다. 판소리는 심청전, 흥부전, 춘향전 등의 이야기를 실감나게 사람들에게 전달한다. 배우들이 따로따로 등장인물을 연기하지는 않았지만, 판소리하는 사람은 1인 다역을 하면서 이야기를 전달했다. 중국에는 경극이 있다. 일본에도 전통 연극이 있다. 사람들이 가공된 스토리를 만들어서 즐기는 것은 어느 나라나 공통이었다. 사람들은 원시시대부터 가공된 스토리를 좋아한 것이다. 장소와 시대를 불문하고 언제 어디서나 사람들은 가공된 스토리를 좋아했다. 그래서 가공된 스토리는 예술인거다. 인간이 살아가는데 빠질 수 없는 예술이 될 수 있는 것이다.

전통적인 사회에서는 연극, 판소리, 경극 등의 형태로 가공된 스토리가 전달될 수 밖에 없었다. 하지만 현대 사회가 들어서면서 가공된 스토리를 전달할 수 있는 여러 방법들이 나타나기 시작한다. 먼저 영화가 나타났다. 연극은 한 장소에서 한번만 상연될 수 있었다. 다른 장소에서 가공된 스토리를 다시 보여주기 위해서는 연극배우들이 다시 한 번 무대장치를 세우고 다시 한 번 연기를 해야 했다. 한 장소에서 두 번 보여주기 위해서도 배우들이 다시 한 번 연기를 해야 했다. 연극은 배우가 그 자리에서 몸을 움직여 연기를 해야 하고, 관객들은 그 배우의 행동을 직접 눈으로 보아야 했다. 그런데 영화가 생기면서 이런 시간과 장소의 제약이 사라진다. 연극을 필름으로 촬영을 해놓고, 그 다음부터는 필름을 상영하기만 하면 되었다. 배우가 없는 곳에서도 연극을 볼 수 있게 되었고, 한밤중에도 배우들의 연극을 볼 수 있게 된 것이다. 영화관과 필름만 있으면 언제 어디서든 영화를 볼 수 있게 되었다.

그 다음에는 TV가 나왔다. TV는 영상을 집에서 볼 수 있게 만들었다. 영화는 연극 무대와 배우가 없어도 볼 수 있었지만, 영화관은 가야 했다. 그런데 TV는 영화관을 가야 한다는 제약도 없앴다. 그냥 집에 가만히 있으면서 배우들의 연극을 볼 수 있게 되었다. TV에서 하는 연극이 TV 드라마인거다.

연극을 보기 위해서는 돈을 내야 했고, 영화를 보기 위해서도 돈을 내야 한다. 그런데 드라마는 무료이다. 집에 TV가 있기만 하면 공짜로 TV 드라마를 볼 수 있다. 그리고 드라마를 보기 위해서 어디를 가야 하는 것도 아니다. 집에서 그냥 있으면서 무료로 볼 수 있다. 현대 사회에서 가공된 스토리를 전달하는 여러 매체가 생기고 발전했지만, TV 드라마처럼 사람들이 쉽게 볼 수 있는 드라마는 없다. TV 드라마는 고대로부터 사람들이 즐겨온 가공된 스토리를 가장 손쉽게 볼 수 있는 쟝르가 된 것이다.

    드라마를 왜 보느냐는 원초적인 질문에 대해서는, 사람들은 '원래 드라마를 좋아한다' 라고 말할 수 있을 것이다. 드라마는 예술이다. 인류 역사에서 어느 나라에서든, 어느 시기에서든 가공된 이야기인 드라마는 항상 우리 곁에 있어왔다. 사람들은 원래 가공된 스토리인 드라마를 좋아하는 것이다. 그런데 이런 일반적인 상황에 대해 한 가지 의문이 있다. 그럼 한국 사람들의 드라마 사랑은 다른 나라에서도 똑같이 이루어지는 걸까? 한국 사람들이 드라마를 좋아하는 것처럼, 세상 모든 사람들이 드라마를 다 좋아하는 걸까?

    다른 나라들도 드라마를 방영한다. 그런데 다른 나라들과 한국을 비교해보면, 한국의 드라마사랑은 다른 나라들에 비해 유별난 측면이 존재한다. 한국에서 MBC, SBS, KBS2 같은 공중파 방송국들은 일주일 사이에 많은 드라마를 만들어서 내보내고 있다. 아침 드라마, 일일 드라마, 월화 드라마, 수목 드라마, 주말 드라마 등 일주일에 기본적으로 6편이 넘는 드라마가 만들어진다. 그리고 종편, 케이블에서도 드라마를 만든다. 일주일에 방영되는 드라마가 몇 십 편이 된다. 또 하나하나의 드라마가 빨리, 많이 만들어진다. 미국에서 만들어지고 세계적으로 유명한 미국 시트콤 드라마인 프렌즈, 프리즌 브레이크, 로스트 등등을 보자. 이런 드라마들은 1년에 24편 정도만 만든다. 프렌즈가 10년 동안 방영되었지만, 10년 동안 방영된 모든 에피소드의 숫자는 200편이 좀 넘을 뿐이다. 그리고 한회 방영분이 24분밖에 안되었다.

이에 비해서 오로라 공주를 보자. 오로라 공주는 2013년 봄에 방영되어 2013년 겨울에 끝났다. 반년 조금 넘게 방영이 되었다. 그런데 회차는 150회이다. 미국에서 10년 동안 방영된 에피소드가 200여 편, 한국에서 반년 조금 넘게 이루어진 드라마의 에피소드가 150편. 이것이 한국 드라마의 유별난 특성을 보여주는 상징이 될 수 있을 것이다. 한국 사람들은 다른 나라 사람들에 비해 훨씬 더 드라마 보기를 좋아한다. 드라마를 보고 싶어 하기 때문에 방송국에서는 드라마를 계속 만든다. 드라마를 양적으로 많이 만들다보니 질적으로도 좋은 드라마들이 나타난다. 그래서 한국 드라마는 세계 다른 나라들에 수출도 된다. 한류의 시작은 이 한국 드라마에서 시작되었다. 한국의 〈사랑의 뭐길래〉, 〈겨울 연가〉, 〈대장금〉 등의 드라마가 중국, 일본, 세계 각지에서 엄청난 인기를 얻으면서 한류가 시작된 것이다. 한국의 드라마 사랑은 다른 나라들에 비해서 훨씬 강도가 큰 것이다.

한국 사람들은 드라마를 좋아한다. 기본적으로 가공된 스토리를 좋아하는 것이다. 그래서 많은 드라마가 만들어지고 많은 히트작들이 나오고 있다. 처음에는 가족 드라마 위주였지만, 이제는 장르도 다양한 여러 종류의 드라마들이 나오고 있다. 그리고 그렇게 여러 장르의 드라마가 개발되면서, 소위 말하는 막장 드라마도 나타나게 되었다.

막장 드라마에 대해서는 많은 이야기들이 있다. 여기에서는 막장 드라마가 무엇인지 좀 더 자세히 살펴보자. 하지만 한 가지는 잊지 말자. 드라마는 가공된 스토리이다. 그리고 드라마는 예술의 한 장르이다. 좋은 예술이냐 나쁜 예술이냐의 구분은 있겠지만 기본적으로는 예술의 한 장르에 포함된다. 아이러니겠지만, 막장 드라마도 어쨌든 예술의 장르에는 들어가는 것이다.

막장드라마의 등장

'막장드라마' 라는 신조어(?)는 우리에게 낯설지가 않다. 언제부터 '막장드라마' 라는 복합명사를 하나의 신조어로 받아들이게 되었을까.

'막장' 은 원래 석탄 등을 캐는 광업에서 쓰이는 용어이다. 막장의 사전적인 의미는 광물을 캐내는 광산에서 제일 안쪽부분을 뜻한다. 이 곳은 통로가 뚫려있는 부분이 아니라 더 이상 나아갈 수 없는 굴의 마지막 부분으로 벽을 뚫어 구멍을 파들어 가야 되는 가장 위험한 곳이다. 그래서 광부들은 막장에서 작업할 때 가장 높은 수당을 받을 수 있지만 누구도 그곳에 들어가고 싶지 않는다.

그러면 왜 드라마와는 연관성이 없어 보이는 '막장' 이라는 용어가 붙게 된 걸까.

인터넷 포털사이트를 검색하면 '막장드라마' 라는 단어는 대중문화사전〉 어휘 〉 신조어로 네이버 사전, 위키백과에 당당히 등재되어 있다. 위키백과를 검색하면 막장드라마는 '복잡하게 꼬여있는 인물관계, 현실상에서는 일어날 가능성이 거의 없는 상황설정, 매우 자극적인 장면을 이용해서 줄거리를 전개해가는 드라마를 의미한다. 막장드라마 중에서는 사회적 파장을 불러일으키는 드라마도 있으며 실제로 입양아를 개구멍받이로 묘사한 드라마 왕꽃선녀님의 경우에는 대규모 조기종영 시위가 일어나 작가가 하차하는 경우도 생겨났다. 시청자들은 해당 드라마들에 대해 부정적인 평가를 내리지만, 이들 드라마 중 대다수는 시청률이 잘 나오는 경우가 많다.' 라고 나온다. 이제 사전에 등재될 정도로 막장드라마라는 말은 우리에게 너무 친숙한 단어이다. 언어가 문화를 대표한다고 하지 않았던가. 그만큼 우리 사회는 막장드라마라는 단어가 자연스럽게 주고받아지는 미디어 문화 세상에 살고 있다.

최근 막장드라마에 등장하는 막장스토리는 사실 기원을 따지자면 역사적인 전통을 가지고 있다. 먼저 막장드라마의 대본에나 등장 할 법한 스토리로 유명한 신화 '오이디푸스' 가 있다. 오이디푸스 신화는 대부분의 사람들이 알고 있을 정도로 잘 알려져 있다. 코린토스의 왕자인 오이디푸스는 자신의 출생의 비밀을 알기 위해 델포이 신전에 신탁을 청하러 갔다가 엄청난 예언을 듣게 된다. 오이디푸스가 부친을 죽이고 어머니와 결혼하게 될 것이라는 청천벽력의 예언이었다. 이를 들은 오이디푸스는 다가올 상황이 두려워 최대한 멀리 떠나 운명을 바꿔보려 노력한다. 그런데 결국 오이디푸스는 길에서 우연히 마주친 자기 친아버지 라이오스왕과 길을 지나가는 문제로 싸우다가 친부인지 모른 채 죽이게 된다. 그 후 오이디푸스는 테베로 가서 스핑크스의 수수께끼를 풀고 그 공로를 인정받아 자신이 죽인 아버지 라이오스 왕의 공석을 이어받아 왕위에 오르게 되고 아무것도 모르는 채 자기 어머니와 결혼해서 자녀까지 낳게 된다. 결국 나중에 모든 사실을 알게 된 오이디푸스의 어머니이자 부인인 이오카스테는 목매달아 자살하고 오이디푸스는 진실을 보지 못했던 자기 눈을 뽑아버리고 방랑자가 된다. 오이디푸스 신화는 고대부터 현재까지 내려오고 있는 대표적인 그리스 로마 신화로 누구나 한번쯤은 들어봤을 것이다. 이 신화에서는 출생의 비밀, 근친상간, 존속살해 등 듣기에도 무시무시한 소위 막장 중의 막장 상황이 모두 나온다.

　오이디푸스신화 말고도 어느 집이나 한권 이상은 가지고 있는 그리스로마 신화책을 읽다보면 다양한 막장스토리(?)가 존재한다. 그리스로마 신화는 어린이들도 많이 읽는 책으로 어떻게 보면 황당무계, 막장 스토리가 나오는 건 15세 이상 관람가인 막장드라마와 별반 다를 게 없어 보이는데 왜 다르게 받아들이는 것이 다른 걸까? 그리스로마 신화와 막장드라마는 스토리면에서는 비슷해 보이지만 분명히 다르다. 먼저 그리스로마 신화는 말 그대로 '신화'이다. 현실에서는 불가능한 일을 전제로 한 신(神)들의 이야기거나 허구적인 인물이

대상이다. 독자들은 이 사실을 처음부터 충분히 알고 내용을 받아들인다. 그런데 막장드라마는 지금 현실에 살고 있고 존재가능 할 법한 인간이 드라마의 주인공이다. 물론 갈수록 막장의 강도가 세지면서 현실과 판타지의 경계에 간당간당하게 서있기는 하지만 드라마에서 시각적으로 연출되는 장면들은 그냥 우리가 살고 있는 현실과 다를 게 없다. 극 중 배역들은 흔히 주변에서 볼 수 있는 직업을 가졌고 밥을 먹고 잠을 자고 생활하는 것이 일상생활에서의 나의 모습과 다를 게 없다. 그리스로마 신화에서 나오는 것처럼 물 속을 헤치고 나오는 포세이돈이나 불을 뿜으며 대장간에서 사는 헤파이토스가 아니다. 그렇기 때문에 드라마 속의 상황이 마치 나의 상황인 것 같은 감정이입이 쉽다.

그런데 그리스로마 신화처럼 강력한 막장스토리는 우리나라 식 '옛날이야기'에서는 들어본 적이 거의 없다. 물론 뭐 19금이나 불륜을 다룬 이야기는 장소와 시대를 불문하고 항상 존재해 왔기 때문에 그 정도의 수위의 전해져 내려오는 이야기는 있을 수 있지만 분명 그리스로마 신화처럼 막장 스토리를 가진 고전은 접한 적이 없는 것 같다. 예를 들면 우리나라 대표적 단군신화에서 곰이 마늘과 쑥을 먹고 사람이 되어 환웅의 아들을 낳아 단군왕검이 되었다는 정도이야기는 막장이라고 말하기에는 너무 귀엽지 않은가? 우리는 옛날부터 막장 스토리와는 친숙하지가 않은 사람들이다.

그런데 최근에 들어와서는 동성애나 근친상간이나 존속살인, 강간

등의 자극적인 소재가 영화와 드라마에서 자주 다뤄지고 있다. 영화야 워낙 취향이 많이 갈리고 사람들이 쉽게 접할 수 있는 지상파 드라마와 비교하면 파급력이 크지 않기 때문에 좀 심하다 싶은 영화도 크게 논란거리가 되진 않는다. 그런데 드라마는 다르다. 많은 사람들이 쉽게 볼 수 있기 때문에 내용에 따라 불러올 수 있는 파장이 상당하다. 살다보면 정말 막장에 해당되는 희한한 일이 다 벌어 질수 있기는 하지만 표현된 것에 익숙하지 않은 우리에게 온갖 안 좋은 것은 다 끌어다가 소재로 쓴 막장드라마의 출현은 큰 충격을 가져왔다.

막장드라마가 등장하게 된 데에는 여러 가지 이유가 있을 수 있다. 가장 큰 이유는 시청률 지상주의만을 전면으로 내세운 방송사의 태도에 있다. 어떤 프로그램이 높은 시청률이 나오면 그만큼 그 시간대 방송사 수익 중 큰 부분을 차지하는 광고수익이 천정부지로 치솟는다. 작품성이고 뭐고 시청률만 잘나오면 된다는 물질만능주의적 사고는 방송계, 특히 드라마 계에서 이미 자리를 잡았다. 막장드라마에서 논란이 되고 있는 상황들이 과연 대본을 맡은 특정작가만의 책임일까? 사람들은 보통 그 드라마의 극본을 맡은 작가를 향해 화살을 날린다. 그런데 조금만 생각해보면 드라마 제작에 있어 '갑'은 돈을 지불하는 쪽, 즉 방송사이다. 방송사에서 돈을 주고 작가를 섭외한다. 작품을 선택할 수 있는 칼자루를 쥐고 있는 것은 사실 방송사란 말이다. 그런데 인기작가의 경우 그 상황이 반대가 되는 경우가 있다. 특히 막장드라마 작가인 경우 제작과정 협상에서도 그 작가만의 독특한 정신세계가 반영 되는 경우가 많아 드라마 전체를 좌지우지 하는 슈퍼 '갑' 이 되는 상황도 벌어진다. 결국 시청률만 잘 나오면 된 다는 방송사의 무책임한 태도가 막장드라마를 키우고 있는 셈이 된 다. 막장드라마는 방영되기만 하면 작품성과는 상관없이 갖가지 자 극적인 막장소재 만으로도 이슈가 되고 시청률이 보장된다. 드라마 자체에 아예 관심이 없는 사람이라면 모르겠다만 드라마를 좋아하는 시청자라면 자극적인 막장드라마를 호기심에 한번쯤 보게 된다. 한 번 보다가 두 번 보게 되면서 점차 빠져들게 되는 것이다. 안보면 되 는 건데 욕하면서 보는 시청자들을 도무지 이해할 수 없다는 사람들 도 많지만 막장드라마가 인간 본연의 말초신경을 자극한다는 점에서 꼭 그렇게 탓할 수만도 없는 문제다.

막장드라마는 단순히 혼자 만들겠다고해서 만들어지는 것은 아니 다. 기본적으로 드라마를 제작하는 방송사와 드라마를 쓰는 작가가 있어야만 만들어질 수 있다. 어떻게 이런 막장스토리를 생각해낼 수 있을까 신기하기까지도 한 독특한 정신세계를 가진 작가들도 드라마 가 등장하게 된 원인이다. 이들 중에선 새로 등장한 사람도 있고 대 세에 따르려는지 어느 순간 막장드라마작가로 변한사람도 있다. 어 찌되었던 예전에는 흔치 않았던 막장드라마의 대표하면 떠오르는 작 품과 작가를 이제는 누구나 쉽게 떠올릴 수 있다는 사실만으로도 막 장드라마는 이제 우리에게 아주 친숙한 문화가 되었음을 의미한다.

막장드라마의 계보

　1990년대 중후반 큰 사랑을 받았던 드라마 중에는 가족드라마가 많았다. 가족 안에서 벌어지는 아기자기한 이야기들을 따뜻하게 담아낸 드라마들인 〈사랑이 뭐길래〉, 〈엄마의 바다〉, 〈딸부잣집〉과 같이 이 세대를 살았던 사람들이면 대부분 기억하는 히트작들은 지금 방영되는 가족드라마와는 전혀 다른 느낌이다. '사랑이 뭐길래' 는 1992년에 방영되었던 MBC 주말 드라마로 평균 시청률 60%를 기록해 현재까지 역대 시청률 1위를 유지하고 있는 가족 드라마다. 가부장적이지만 헌신적인 그 시대의 아버지와 그런 남편에 대해 순종적이었던 어머니의 귀여운 반란을 소재로 부부와 자녀들 간에 벌어지는 가족 간의 평범한 일상을 훈훈하게 그려냈다. 이 드라마에서 꼬장꼬장한 아버지역 이순재에게 잡혀 사는 엄마, 김혜자가 소심한 신세타령을 하며 '산 다는 건 그런 거지~ 수지맞는 장사잖소~ 알몸으로 태어나서 옷 한 벌은 건졌잖소~' 라고 노래를 흥얼거리는 장면은 아직까지 우리 기억 속에서 잊혀 지지 않는 명장면 중 하나이다.

　그 시절에도 지금 말로 막장드라마로 통하는 드라마가 없었던 건 아니다. 1996년에 방영된 '애인' 이 그런 부류에 속한다. 극중 유동근과 황신혜의 불륜관계를 아름답게 묘사해 '니가 하면 불륜, 내가하면 사랑' 이라는 말을 만들어내기도 하면서 아줌마들의 폭발적인 원성을 샀던 드라마였다. '애인' 역시 높은 시청률을 기록했고 동시에 드라마 삽입곡 Carry & Ron의 'I Owe You' 라는 곡이 대히트를 쳐 그 당시 어디를 가던 그 노래만 흘러나와 나중엔 듣기 지겨워 졌을 정도로 인기를 끌었다. 막장드라마는 과거에도 존재했지만 막장의 정도가 지금과는 달랐다. 출생의 비밀, 불륜과 같은 지금의 막장드라마계에서 명함도 못 내미는 소재들이 그 당시에는 충분히 파격적이었다.

유행에 따라 입에서 입으로 전해져 급속히 많이 쓰이다가 사라지기도 하는 것이 신조어의 특징이다. 이러한 신조어는 한때 많이 쓰였다가도 서서히 대중 속에서 잊혀지는 특성을 지닌다. 예를 들면 '오렌지족', '낑깡족' 같은 단어는 한창 쓰이다가 유행이 바뀌면서 지금 어린세대들은 아예 뜻조차 모르는 단어가 되어 버렸다. 그런데 '막장드라마' 라는 신조어는 쉽게 살아 질 꺼 같지가 않다. 특정대상이 단어가 된 것이 아니라 그 반대로 단어가 대상을 구체화 시키면서 대상이 더 명확해졌다고나 할까? '엽기' 라는 단어가 유행했을 때 각종 분야에서 엽기적인 것이 유행했었던 것처럼 막장드라마라는 신조어가 나오고 나서부터 더 많은 막장드라마들이 쏟아지기 시작했다. 그리고 유행이 지나가고 있기는커녕 갈수록 인기를 얻고 있다.

드라마는 기본적으로 작가의 상상 속 이야기를 영상화 한 픽션이다. 불륜, 출생의 비밀, 처절한 배신과 같은 현실에서는 흔히 일어날 수 없는 일이라 하더라도 '그래봤자 어차피 드라마' 라는 이유로 이러한 소재는 예전부터 드라마에 심심치 않게 등장하곤 했다. 그런데 그런 드라마들이 막장드라마로 불리 우지는 않았다.

한국방송계에서 이 '막장드라마'라는 꼬리표가 붙게 된 최초의 드라마가 무엇이었는지는 딱 잘라 말할 수 없다. 드라마를 콕 찝을 수 없으니 막장드라마계의 대표작가로 불리 우는 몇몇의 작가를 중심으로 우리나라의 본격적인 막장드라마의 역사를 되짚어 보자.

소위 막장드라마계의 F4로 불리 우는 한국드라마 작가로는 Y작가, M작가, S작가, K작가가 있다. Y작가야 막장계의 대모로 워낙 유명하다. 초기작들인 〈보고 또 보고〉, 〈온달 왕자들〉을 너그러운 마음으로 막장부류에서 제외시킨다 하더라도 2002년도에 방영되었던 〈인어아가씨〉는 본격적인 한국막장드라마계의 장대한 서막을 올렸다고 평가받기에 충분하다. 파격적인 소재와, 무절제한 연장방송, 중고신인이었던 여주인공의 연기력 등에서 많은 관심과 논란의 대상이 되었고 일일드라마에서 편당 최고시청률 48%라는 엄청난 기록을 남겼다. 그 이후로의 작품인 〈하늘이시여〉, 〈왕꽃선녀님〉, 〈아현동마님〉, 〈보석비빔밥〉, 〈신기생뎐〉, 〈오로라공주〉에서도 Y작가의 막장월드는 현재까지 지속되며 막장드라마계의 대를 굳건히 이어오고 있다.

사실 Y작가 이전에도 막장드라마계의 거물은 존재하고 있었다. Y작가가 인어아가씨로 엄청난 시청률을 기록하면서 비록 막장계의 대모자리를 빼앗기긴 했지만 S작가는 90년대 초반부터 이미 문제드라마 작가로 유명세를 떨쳤다. 그 시절에는 '막장'이 아닌 '문제'라는 수식어를 붙였다. 1996년에 방영 된 〈부자유친〉은 재벌집에서 일어나는 불륜스토리를 코믹하게 그린 드라마이다. 이 드라마에서는 당시로서는 파격적이었던 혼외자식의 등장, 납치, 감금, 여럿의 불륜관계를 다뤄 방송위원회로부터 '시청자들에게 지나친 충격과 불안감을 주고, 건전한 가족의 가치와 사회윤리 신장에 방해한다'는 지적과 함께 경고 조치를 받기도 했다. 가장 최근에 막장드라마로 논란이 일었던 S작가의 드라마로는 2009년도 방영 된 〈밥 줘〉가 있다. 밥 줘에서는 대놓고 불륜을 저지르는 뻔뻔함과 부부강간까지 하는 폭력성을 두루 갖춘 남편이 등장해 시청자들의 원성을 자아냈다. S작가는 Y작가와 동시간대 편성되는 드라마에서 자주 붙어 막장드라마계의 라이벌로 통한다.

처음부터 막장은 아니었으나 점차 막장의 세계로 입문한 작가도 있다. 바로 M작가이다. M작가는 1997년 작 〈조강지처클럽〉으로 막장 드라마계에 발을 들이게 되었는데 그 당시 조강지처클럽은 아줌마들의 전폭적인 지지를 받으며 시청률 40%를 돌파했다. 조강지처로 열심히 살았지만 결국 남편에게 버림받은 아내들의 통쾌한 복수를 그린 드라마로 처절히 버림받고 독하게 복수하는 장면들이 리얼하게 그려졌다. 최근 방송되고 있는 주말드라마 〈왕가네 식구들〉또한 초반에는 딸 부잣집에서 벌어지는 유쾌한 가족이야기가 되나 싶었지만 막장으로 급선회하면서 매회 막장논란에 휩싸이고 있다. 상식을 넘어서 자식을 지독하게 편애하는 엄마, 안하무인 왕싸가지 큰딸, 허세로 가득한 백수건달 둘째 사위를 비롯한 각종 밉상캐릭터를 중심으로 앞으로 벌어 질 막장을 암시하면서 시청률 고공행진을 이어가고 있다.

S작가는 2009년 〈아내의 유혹〉한편으로 막장계의 거물로 유명작가 대열에 올라섰다. S작가는 이대 국어국문학과를 나온 막장드라마계의 인테리다. 아내의 유혹에서 부인의 친구와 바람난 남편은 불륜녀와 함께 아내를 죽이려는 시도를 했지만 실패한다. 이 사실을 안 아내는 얼굴에 점하나를 찍고 다른 여자로 변신해 이 둘에게 처절한 복수를 하게 되고 결국 불륜남녀가 동반자살하게 되며 끝나는 막장 중의 막장스토리를 가지고 있다. 수많은 막장드라마 중 아내의 유혹을 탑 오브 탑으로 꼽는 사람들도 꽤 많을 정도로 그 당시 큰 논란을 일으키며 일일드라마로 32%라는 아주 높은 시청률을 올렸다. 특히 여자주인공들의 독한 연기로도 주목을 받았다. 극 중 불륜녀로 나오는 김서형의 핏대 선 분노연기는 아직까지 시청자들의 뇌리에 각인되어 있다.

위에서 언급한 막장드라마 작가 4인방의 공통점은 모두 중년의 여성이라는 점이다. S작가를 제외하고는 희한하게도 모두 중성적인 이름을 가지고 있어 이들을 남성으로 착각하는 사람들이 많다는 점도 비슷하다. 드라마 주 시청계층인 중년 여성들의 공감대를 같은 여자로 잘 이끌어 내서일까. 이들은 극본에 이름을 올리는 것만으로도 어느 정도 안정적인 시청률이 보장되는 SA급 작가들이다. 막장드라마라는 비난이 난무하지만 어쨌든 드라마가 인기가 있으니 이들의 막장드라마는 적어도 당분간은 자주 보게 될 것 같다.

인기만 있으면 짭짤한 수입이 보장되는 제작진은 좋던 싫던 간에 F4를 슈퍼 '갑'으로 대우 할 수밖에 없는 입장이 되어버렸다. 그만큼 작가의 파워는 커지고 막장의 강도는 더 세지고 있다. 이들이 막장드라마가 아닌 온가족이 즐겨볼 수 있는 훈훈한 드라마를 쓸 수 있을 것이라는 게 지금으로는 도저히 상상이 가지 않는다. 막장드라마를 뛰어넘는 강력한 새로운 드라마 트렌드가 나오면 모를까 지금으로서는 막장드라마의 끝이 쉽게 날 것 같지 않다. 시청자들은 이미 몸에는 안 좋지만 다양하고 맛있는 불량식품의 맛을 봐버렸기 때문에.

막장드라마의 공식

막장드라마에는 일정한 공식이 있다. 가장 큰 공통점이라 하면 막장으로 논란이 되는 드라마는 시청률도 먹고 들어간다는 것이다. 언뜻 보기에는 이해가 안가는 아이러니한 상황이지만 조금만 생각해 보면 막장으로 논란이 된다는 것 자체가 어쨌든 시청자들의 관심끌기에는 확실히 성공한 거기 때문이다. 요새는 지상파뿐만 아니라 종편에서까지 하도 많은 드라마가 쏟아져서 지금하고 있는 드라마가 뭐가 있는지 다 알 수도 없다. 예전에야 지상파 공영방송이 몇 개 없어서 드라마를 즐기지 않는 시청계층도 적어도 주말 드라마로 뭐가 방영중인지 제목이라도 알고 있었다. 지금은 여기저기서 드라마가 쏟아지면서 웬만한 히트를 치지 않는 이상 제목만 들으면 그게 드라마 제목인지 조차 모를 때가 많다. 그만큼 시청률 경쟁이 치열해 졌다는 거다. 시청률은 드라마의 목숨을 좌지우지 할 만큼 중요하다. 시청률이 낮으면 소리 소문 없이 조기 조영되는 드라마를 종종 보지 않았는가. 시청자 눈길을 끄는 그 드라마의 독특한 매력이 없으면 그럴 가능성이 높다. 심지어 탑스타만을 주역배우로 쓴 몇몇 드라마도 시청률에서 참패를 겪으며 조기종영 하는 굴욕을 겪기도 한다. 어디 그뿐인가. 시청률은 광고 수익과도 직결이 되는 중요한 요소이다. 인기드라마의 경우 드라마 시작 전 15초짜리 광고 한편 당 한 회 기준으로 1500만 원 정도라고 하니 1초당 100만원 꼴 아닌가. 그러니 드라마 제작진 입장에서는 어떻게든 시청률을 확보해야만 하는 입장인 것이다.

시청률 확보에는 여러 가지 방법이 있다. 먼저 가장 흔한 방법은 주연배우를 초특급 탑스타를 쓰는 방법이다. 엄청난 출연료를 감당해야겠지만 팬층이 두터운 탑스타가 출연하면 일단 그 팬층은 그 드라마를 보게 되니 어느 정도 시청률을 확보하는 셈이다. 또 뭐 열렬한 팬은 아니더라도 인기가 있으면서도 신비주의 컨셉으로 드라마에서 자주 볼 수 없는 잘나가는 배우, 예를 들면 소지섭, 장동건, 배용준과 같은 남배우나 김태희, 한예슬, 송혜교 같은 여배우가 드라마에 캐스팅이 되면 일단 관심이 간다. 또 이들이 주연을 맡았다는 이유만으로도 드라마 시작 전부터 언론매체를 통해 화제가 된다. 시청률을 먹고 들어가기 위해 제작진들은 이들이 주역을 맡았다는 점을 적극적으로 홍보한다. 영화계에는 아예 이런 배우들을 두고 '흥행보증 수표'라는 공식 명칭이 있을 정도이다.

그런데 이 방법은 투자대비 효과를 장담할 수 가 없다. 탑스타의 출연료가 제작비의 대부분을 차지한다고 해도 과언이 아닐 정도로 이들의 몸값은 정말 비싸다. 그만큼 제작진의 수익은 낮아진다. 기회비용을 감안하더라도 인기몰이에 성공한다면 그나마 다행이다. 그런데 그러지 못한 드라마도 수두룩하다. 예를 들면 1998년도 당시 탑스타였던 이병헌, 심은하, 최민수, 이정재, 신현준, 송혜교가 출연하고 한국드라마계에 역사한편을 장식한 故 김종학PD가 연출을 맡은 백야 3.98은 시청률에서 쓴맛을 봐야 했다.

시청률은 드라마의 작품성 외에도 다양한 변수에 따라 움직인다. 타방송사에서 맞붙은 드라마가 엄청 인기가 높을 경우에는 어쩔 수 없이 상대적으로 낮은 시청률이 나올 수밖에 없는 게 이 바닥의 생리이다. 결국 드라마들이 상대평가인 경쟁구도에 놓인 이상 드라마가 성공하기 위해서는 다른 드라마들과는 차별화된 강력한 무언가가 필요한 것이다. 특히 최근에 많은 드라마들이 제작되면서 부터 시청률 경쟁이 더욱 치열해 졌다.

이런 시청률 확보를 위한 강력한 방법 중의 하나가 시작 전부터 드라마를 논란거리로 만들어 버리는 거다. 논란이라는 단어의 부정적인 뉘앙스는 인기와는 좀 동떨어진 것 같은 느낌이 든다. 그런데 희한하게 논란이 되는 드라마의 시청률이 높다는 걸 시청률 데이터가 증명하고 있다. 논란을 일으키는 방법에는 주연배우들 간의 스캔들이나 갈등 등등 다양한 방법이 있지만 지금까지 나온 방법 중 최고는 막장스토리를 전개하는 방법인 것 같다. 그러니 계속해서 막장이라 불릴 만큼의 드라마를 쏟아내고 있을 수밖에 없는 것이다. 시작부터 막장이라는 수식어가 붙으면 기본 시청률은 확보할 수 있기 때문이다.

시작 전 논란을 만들어 일단 시청자의 흥미를 끌고 보자는 막장드라마 전략은 드라마를 홍보하는 방법에 있어 공통점이라고 본다면 드라마 내용과 전개에서도 비슷한 점을 많이 찾아볼 수 있다.

먼저 해피엔딩이건 비극적 결말이던 간에 기본적은 큰 구도는 권선징악이다. 착한놈과 나쁜놈이 등장하고 결국 나쁜놈은 반드시 벌을 받게 된다. 착한놈도 불행한 결말로 끝나는 드라마도 있지만 여하튼 간에 착한놈은 끝까지 착한놈이다. 이런 구도는 다른 드라마에서도 흔히 볼 수 있는 구도이다. 다만 결정적인 차이점이 수많이 존재한다.

막장 드라마에서 나쁜 놈은 지독하게 나쁘게 나온다. 사기, 불륜, 패륜, 강간, 살인 등 한 두 가지 나쁜 짓을 하는 게 아니라 본인이 원하는 걸 얻기 위해서는 모든 걸 이용하는, 범죄자로 치자면 흉악범에 속한다. 양심이란 찾아볼 수 없고 수단과 방법을 가리지 않고 오로지 자기 생각대로 한다. 일반적인 드라마의 악역은 잘못을 저지르면서도 양심의 가책을 조금이라도 느끼는 캐릭터라면 막장드라마의 악역은 싸이코패스로 등장하는 경우가 많다. 게다가 등장하는 싸이코패스의 종류도 참 다양하다.

막장드라마에서는 착한놈이라도 나쁜놈에게 일방적으로 당하지 않는다. 철저한 계획을 짜서 살벌한 복수를 한다. 결국 모든 것을 다 빼앗아 버린 후에야 복수는 끝이 난다. 그래서 극 중에서 설정은 분명 착한놈인데 가끔 악역과 헷갈리는 경우가 있다는 것도 막장드라마들의 공통점이다.

그리고 조연의 비중도 크다는 점도 비슷하다. 조연을 바탕으로 주 내용과는 개연성이 떨어지는 다양한 사건들이 펼쳐지면서 도대체 저 장면이 왜 나오는 지 알 수가 없는 스토리들이 많이 나온다. 애청자들도 막장스러운 내용만 계속 보면 머리가 아플 것이다. 가끔은 뜬금없는 가벼운 스토리로 자극적인 내용으로 과부화 된 머리도 식히게 하고 계속해서 새로운 사건을 만들어내 호기심을 자극하는 것이다.

또한 막장드라마에서는 탑스타들을 볼 수가 없다. 높은 시청률이 탐나기도 하겠지만 쌓아온 이미지가 강한 탑스타들은 막장연기를 하기엔 본인의 입장에서도 연출진의 입장에서도 달갑지가 않다. 대신 연기력이 보증 된 내공 있는 연기자들이 그 역을 맡는다. 이른바 중고신인 이라고 불리 우는 데뷔한지는 오래되었지만 큰 인기는 끌지 못해 인지도는 떨어지는 연기자들이 주로 많이 등장한다. 이들은 막장연기를 하기에 딱 적합하다. 오랜 무명생활 동안 쌓아왔던 연기력

내공도 그렇고 드라마에서 큰 비중을 맡는 것이 로망이었던 이들에게 이런 기회는 모든 걸 걸어야 하는 마지막 기회가 될 수 있기 때문이다. 그래서 그런지 어떤 장면이라도 망설이지 않고 최선을 다해 연기하고 있다는 것이 시청자들에게도 전달이 된다.

막장드라마에는 또한 쉽게 공감할 수 있는 대상과 대사도 자주 등장한다. 현실에서는 볼 수 없는 막장캐릭터가 주인공이기는 하지만 보통의 아줌마, 아저씨 같이 평범하고 푸근한 흔히 주변에서 볼 수 있는 캐릭터도 등장한다. 막장드라마에는 안 어울리는 인간적인 정이 오고가는 대사도 많이 나온다. 너무 현실에서 동떨어지지 않게 적당히 선을 유지하는 것이다.

이 같이 막장드라마 간에는 여러 가지 공통점이 존재하지만 뭐니 뭐니 해도 가장 큰 공통점을 꼽으라면 막장정도가 심해질수록 시청률도 오른다는 점이다. 막장정도와 인기가 정비례 한다는 건데 회차가 지나고 인물간의 복잡한 관계, 상황 설정 등이 극한으로 치달을수록 사람들은 더 빠져들게 된다. 막장드라마의 작가와 연출진들은 이러한 시청자들의 심리를 이미 잘 파악하고 있어서 시청률을 얻기 위해 가면 갈수록 무리한 막장을 만들어 내고 있는 것이다.

막장드라마의 공식이 언제까지 먹힐 지는 모르겠다. 여하튼 공식까지 생겼다는 의미는 그만큼 막장드라마가 흔해 졌고 반복되는 어떤 형태를 지니고 있다는 것을 의미한다. 비슷하게 반복되는 게 지겨울 법만도 한데 아직까지 막장드라마의 시청률은 건재하다. 이 공식이 사라지고 막장드라마의 시대가 지나갈지 아니면 다른 막장이 추가된 업그레이드 판 막장드라마 공식이 등장할지는 두고 볼 일이다.

막장드라마에 대한 시청자들의 반응

불량식품은 맛있다. 불량식품 중에도 아닌 척 하는 어설픈 불량식품 말고 대놓고 '나 불량식품이요'라고 눈에 확 들어오는 불량식품이 더 맛있고 중독성도 강하다. 어릴 때 먹던 불량식품을 떠올려 보라. 사람 입에 들어가는 음식이라고 보이지 않을 정도로 알록달록하고 모양도 희한하다. 아이들이랑 슈퍼에 가서 먹고 싶은 걸 고르라고 하면 즐비한 과자들 중에서 더 맛있는 것도 많고 비싼 것도 많구만 아이들 꼭 주로 계산대 앞쪽에 놓여있는 과자인지 사탕인지도 모르겠는 것들을 집어 든다. 이걸 사내 마내 엄마랑 실랑이를 벌이고 있는 꼬마들을 슈퍼에 가면 꼭 한명씩 볼 수 있다. 불량식품이 맛있기는 하지만 찾아보면 더 맛있는 과자도 많고 최근에는 아이들 입맛에 맞추면서도 건강을 생각한 고급과자도 많이 나왔다. 그런데 왜 꼭 아이들은 불량식품을 선택하는 것일까?

불량식품은 일단 겉이 화려하다. 조그만 장난감을 끼워 팔기도 하고 갖가지 모양으로 장식해 시각적으로 눈길을 끈다. 그 맛은 어떤가. 보통 과자보다 훨씬 달고 시고 식감도 다양하다. 아이들이 느끼는 이 맛은 한번 맛보면 언젠가는 또 생각나는 그런 강렬한 맛이다. 그래서 애들은 불량식품만 쥐어주면 울던 울음도 그치고 안 하던 공부도 한다. 그만큼 불량식품이 매력적이라는 거다.

불량식품을 애들만 좋아한다고 생각하면 큰 오산이다. 미식가라면 조미료를 많이 쓰는 식당일 수록 각종 블로그에 자주 등장 하는 대중적인 맛 집 리스트에 많이 올라와 있다는 것을 눈치 챘을 것이다. 집에서 하는 음식이 아무리 잘한다 해도 중독성 강한 그 맛을 따라잡기 어려운 이유이다. 온갖 재료를 써도 조미료 작은 수저 하나가 내는 맛을 흉내 내기가 쉽지 않다. 식당의 입장에서는 불황에 가뜩이나 식자재가격도 비싼데 이보다 더 경제적인 효자 상품이 없다. 이 맛에 길들여진 어른들은 조미료를 안 쓰는 식당에 가면 뭔가 심심하고 맛이 없다고 한다.

불량식품이 몸에 안좋다는 건 불량식품에 사족을 못 쓰는 애들도 다 안다. 엄마를 졸라 사긴 샀지만 먹으면서도 엄마의 눈치가 보이고 알 수 없는 죄책감이 든다. 그래서 학교 앞에서 슈퍼도 아닌 문방구에서 엄마 몰래 사먹는다. 어른들은 물론 더 자세히 잘 안다. '이거 저도 참 좋아하는데요. 제가 한번 먹어 보겠습니다' 로 유명한 이영돈 PD의 먹거리X파일이 방송되면서부터 흔히 먹었던 음식이 불량식품임으로 밝혀지는 일이 잦아지고 알고 싶지 않은 것까지 많이 알게 되었다. 이렇게 남녀노소 불량식품이 안 좋다는 걸 다 알지만 싼 가격에 그만큼 매력적이기 때문에 또 찾게 된다.

막장드라마도 비슷하다. 이미 어떤 작가가 극본을 맡았다는 사실만으로도 그 드라마는 막장이겠구나라는 감이 딱 올 정도로 막장드라마는 아주 친숙해 졌다. 채널마다 막장드라마 한편 씩은 꼭 한다. 불량식품이 경제적인 것처럼 아주 손쉽게 약간의 전기세만 부담하면 막장드라마를 즐길 수가 있다. 막장드라마는 자극적인 면에서도 불량식품과 많이 닮았다. 막장드라마에서 다루는 소재는 평범한 사람들이 어디서 믿거나 말거나 쯤으로 주어들을 법한 것들로 가득하다. '그런 일이 실제로 일어나겠어' 라고 생각한 장면들이 매일 저녁 끼고 사는 TV에서 연일 보여 진다. 몇 번 보다 보면 막장이지만 내 얘기가 아닌 남 얘기니 드라마 속 주인공의 엉망진창인 사생활을 들여다보는 재미가 쏠쏠하다. 게다가 황당한 상황들이 벌어져 웃기기도 하다. 처음에는 그냥 드라마려니 아무 생각이 없다가 점점 자극적인 장면에 중독이 되어 버린다. 남의 애인을 가로채는 건 기본이고 결혼해 애까지 있어도 불륜상대에 눈이 뒤집혀 가정이 파탄나기도 한다. 이 정도가 좀 오래된 막장드라마의 내용이었다면 지금은 그 강도가 훨씬 세졌다. 동물은 말초적인 자극이 강할수록 다음번에는 그것 보다 더 큰 자극이 주어져야만 반응을 하게 된다. 시청자들의 막장에 대한 역치수준이 높아져만 가고 있다는 것이다. 그러니 더 큰 자극을 주기 위해 시청자들의 눈길만 잡아끌 수 있으면 모든 소재를 총 동원해 막장드라마의 극본을 쓴다. 배다른 형제와 출생의 비밀을 모른 채 사랑을 하기도 하고 필요하면 사람을 죽이기도 한다. 강간, 납치 등 막장이면 막장일 수 록 높은 시청률이 나오는 까닭에 막장드라마의 수준은 더욱 업그레이드되고 있다.

그래도 인간은 이성을 가진 동물이라 막장드라마에 마냥 빠져들지만은 않는다. 심리학에는 파블로프의 종소리 조건반사 실험이 있다. 종을 울린 다음에 개에게 먹을 것을 주는 실험이다. 처음에는 특별한 일이 없지만 계속해서 종을 울린 다음에 개에게 먹을 것을 주면, 어느 시점이 지나서는 종만 울려도 개는 침을 흘리기 시작한다. 종이 울리면 먹을 것이 온다는 것을 알고 먹을 준비를 하는 것이다. 어떤 조건에 익숙해지면 개의 몸은 무의식적으로 그 조건에 반응한다. 동물들은 이렇게 환경적 조건에 무조건 몸이 반응하곤 한다.

하지만 인간은 개와 다르다. 파블로프의 종소리 실험은 개에게는 작동하지만 사람에게는 잘 작동하지 않는다. 이는 인간이 환경적 조건에 무조건 반응하는 동물이 아니라 생각하는 동물이기 때문이다. 다행히도 이성을 가진 생각하는 동물이라 막장드라마를 보면서 너무 지나치지 않은가에 대한 의심을 품게 된다. 이런 막장드라마가 우리 아이가 혹시라도 보게 되면 안 좋은 영향을 끼치지는 않을지 걱정스러운 생각이 든다. 막장드라마 속에서 내가 하고 싶지만 비도덕적이라 차마 하지 못했던 상황들이 벌어지는 것을 보며 즐기는 스스로에게도 죄책감이 들기 시작한다. 내 마음을 들킨 것 같아 찔리기도 한다. 정도가 약했을 때는 잘 모르고 보던 막장드라마가 사람의 이성을 건드리는 한계수위를 넘게 되자 드디어 시청자들도 반격을 하기 시작했다. 막장드라마를 욕하면서 나는 그렇지 않다는 걸 간접적으로 증명하고 싶은 것이다. 이런 시청자들의 반격은 아무 말이나 해도 되는 손쉬운 막말분출 창구인 인터넷 포털사이트를 통해 여러 사람이 동참하면서 거세졌다. '막장드라마가 이제는 지겹다, 식상해서 재미가 없다'는 단순한 반응부터 논리적인 근거를 대가며 전문비평가처럼 철저히 분석해서 내린 비판문(?)까지 인터넷에 연일 올라온다. 급기야 막장드라마의 조기종영을 요구하는 서명운동까지 벌어지고 있고 그 드라마의 작가를 아예 퇴출시켜야 된다는 의견에도 점차 힘이 실리고 있다.

그런데 잘 생각해 보자. 이러한 반응은 달리 해석하자면 결국 관심의 표현이다. 드라마에 있어 가장 치명타는 무관심으로 인한 낮은 시청률이다. 그러니 막장논란이 거셀수록 그 드라마의 인기로 대변되는 시청률은 아이러니하게 치솟을 수밖에 없다. 막장드라마가 그렇게 싫다면 관심을 끄고 안보면 그만이다. 안본다고 손해 볼일은 전혀 없다. 오히려 전기세도 절약되고 그 시간에 다른 활동을 하면 시간도 더 효율적으로 사용할 수 있다. 얼마나 생각하는 동물인 인간다운 선택인가? 결코 이걸 몰라서 안하는 게 아니다. 그냥 막장드라마가 호감이건 비호감이건 매력적이고 중독성이 강하기 때문에 본인이 그 자극을 즐기기로 한 의도에 따라 막장드라마를 보는 것이다. 마치 불량식품이 손쉽게 얻을 수 있는 맛있는 음식이라 안 좋은걸 뻔히 알면서도 먹고 싶은 욕망이 더 강해 사먹는 게 되는 것과 같다.

그러니 막장드라마를 욕하는 사람들도 무조건 비난만 할 것이 아니라 스스로를 한번 되돌아 볼 필요가 있다. 막장드라마를 쓰는 작가와 연출진이 아무런 잘못이 없다는 것이 아니다. 시청률만 잘나오면 된다는 식의 무책임한 행동은 비난 받아 마땅하다. 적어도 공영방송에서는 국민을 대표하는 방송으로서의 품격을 지켜야 된다고 본다. 그렇지만 이를 저지할 수 있는 키는 결국 시청자가 쥐고 있다는 것을 잊지 말아야 한다. 아무리 작품성 있고 아름다운 스토리의 감동적인 드라마가 있더라도 시청률이 낮으면 그 드라마는 실패한 것이다. 그만큼 드라마는 시청자에 의해 존재하는 것이다. 좀 더 유익하고 건전한 드라마가 나오길 바란다면 감정적인 대응으로 맞서기 보다는 시청자 스스로가 지혜를 발휘해 무엇이 현명한 대안인지에 대해 고민해 봐야 할 것이다.

02

오로라
공주
파헤치기

극중 여주인공인 오로라는 위로 오빠가 셋 있는
재벌집 막둥이 고명딸로 집안의 사랑을 독차지 하며 자란다.
집안에서 가장 서열이 낮지만 늦둥이에 야무진 성격으로
오로라는 집안에서 아빠인 왕도 딸이라면 죽는 시늉을 하는
말 그대로 절대 권력의 공주님이다.
재벌집 막내 고명딸이라는 설정 자체만으로도 공주가
되기 충분하지만 오로라는 영리하고 맞는 말만 해대는 똑 부러진
성격과 행동뿐 만 아니라 부모에 대한 무한애교까지
탑재한 캐릭터로 집안의 복덩이다.

02장

오로라 공주
파헤치기

오로라 공주 스토리

여기서는 먼저 오로라공주의 주된 스토리를 살펴보자. 오로라 공주의 이야기를 하기 위해서는 먼저 오로라 공주의 스토리를 개관할 필요가 있다.

오로라공주의 제작발표회 때 제작진은 임작가가 극본을 맡아 이미 제작 전부터 화제가 된 새 일일드라마 오로라공주의 스토리를 공개했다. 재벌집 막내 귀염둥이 고명딸인 여주인공 오로라가 극 중 인기작가로 누나 셋을 둔 남주인공 황마마와 펼치는 러브스토리로 밝고 경쾌한 드라마가 될 것을 예고했었다.

이런 예고로 시작한 드라마 첫회는 오로라의 둘째 오빠 오금성이 어린 불륜녀에 쏙 빠져있는 장면이 막장장면으로 시작했다. 단순한 바람이 아니라 이혼해서 같이 살기로 마음먹고 조강지처에게 이혼을 요구한다. 자식까지 있는 오금성이 이혼을 요구하는 과정 또한 막장이다. 아버지 오왕성의 허락을 받기 위해 오금성을 말려야 할 큰형과 남동생은 합심해서 지원사격을 한다. 결국 오씨 집안 해결사인 당차고 야무진 막내딸 오로라가 나서 불륜녀의 머리채를 잡은 후에 이 사건은 마무리 된다.

극중 여주인공인 오로라는 위로 오빠가 셋 있는 재벌집 막둥이 고명딸로 집안의 사랑을 독차지 하며 자란다. 집안에서 가장 서열이 낮지만 늦둥이에 야무진 성격으로 오로라는 집안에서 아빠인 왕도 딸이라면 죽는 시늉을 하는 말 그대로 절대 권력의 공주님이다. 공주도 그냥 공주가 아니다. 재벌집 막내 고명딸이라는 설정 자체만으로도 공주가 되기 충분하지만 오로라는 영리하고 맞는 말만 해대는 똑 부러진 성격과 행동뿐 만 아니라 부모에 대한 무한애교까지 탑재한 캐릭터로 집안의 복덩이다. 따박따박 한마디도 지지 않는 얄미운 구석이 있기는 하지만 그 말이 맞는 말이기에 미워할 수 없는 귀엽고 사랑스러운 막내딸이다. 오로라는 평범한 공주들과는 다르게 한번 마음먹으면 해내고야마는 근성도 가졌다. 극중 남주인공 황마마에게 첫눈에 반한 오로라는 자신의 남자로 만들기 위해 적극적인 대시를 한다. 결국 열심히 공을 들여 황마마의 마음을 얻게 된 오로라는 잠시지만 황마마와 알콩달콩한 러브라인을 형성하는데 성공한다.

남주인공 황마마는 부모를 일찍 여의고 황마마를 키우기 위해 결혼까지 포기한 세누나가 곱게 키운 귀하디귀한 왕자님으로 등장한다. 수려한 외모에 베스트셀러작가로 부모로부터 물려받은 유산도 많은 완벽한 캐릭터이다. 한 가지 치명적 단점이 있다면 극성스러운 세누나가 골드미스로 버티고 있는 것. 황마마는 처음에는 오로라한테 관심이 없지만 적극적인 오로라의 구애에 점점 마음을 열고 결국 오로라를 사랑하게 된다.

여기까지의 전개는 이어지는 내용에 비하면 그다지 막장이라고 볼 수는 없다. 진짜 막장은 이제부터 시작한다. 똑 부러지는 성격으로 남이 잘못하는 건 지적해야 직성이 풀리는 오로라는 황마마의 누나인 것을 모른 채 세누나와 마찰을 빚는다. 첫째누나 황시몽이 운영하는 식당에서 남은 음식을 포장해가는 문제로 한판 벌이고 이어 둘째 누나 미몽과는 백화점에서 우연히 만나 세올케와 함께 싸움을 하게 된다. 셋째누나 자몽과는 수영장에서 물 튀기는 걸 지적하며 마찰을 빚는다. 남동생이 좋아하는 여자가 오로라인 걸 알게 된 누나들은 쌍수를 들고 오로라를 반대한다. 이때부터 드라마 내내 세자매 간의 막장 악연이 시작된다.

오로라는 사랑을 쟁취하기 위해 어떻게든 누나들의 마음을 돌려놓으려고 노력 한다. 그러던 도중 오로라의 아버지지가 갑자기 교통사고로 죽게 되고 회사도 망하게 된다. 재벌에서 한순간으로 빚더미에 올라앉게 되면서 오로라의 새로운 인생이 펼쳐진다. 몰락 과정에 대한 자세한 설명은 전혀 없다. 그냥 갑자기 으리으리한 집에서 초라한 전셋집으로 장면이 전환된다. 그런 일이 벌어지는 동안 그렇게 좋아했던 황마마와도 연락이 끊어진다. 핸드폰을 잃어버리는 바람에 하루아침에 오로라와 황마마의 로맨스는 없었던 일이 된다. 오로라공주가 막장 논란에 휩싸이는 가장 큰 이유 중에 하나가 이처럼 개연성 없는 전개이다. 재벌집이 하루아침에 어떻게 몰락했는지 최소한의 설명도 없는 것도 그러하거니와 기사노릇까지 하며 황마마를 쫓아다녔던 천하의 오로라가 연락처를 몰라 헤어지게 되었다는 설정도 황당하기 그지없다. 이런 억지스러운 전개는 드라마 내내 계속되면서 막장논란의 메인 안주거리로 오르내렸다.

　이런 상황에서 오로라는 집안을 일으키기 위해 연기자가 되기로 결심한다. 연기 대해 생각 해본적도 없던 오로라가 마침 황마마 작가의 드라마에서 여주인공의 몸종역으로 캐스팅되게 된다. 오로라가 출연하게 된 드라마의 여주인공으로 나오는 극 중 박지영과 오로라의 관계 또한 막장이다. 박지영은 죽은 오로라의 아버지인 오대산이 첩으로 두었던 왕여옥이라는 인물의 딸이다. 왕여옥은 오로라가 태어나전에 오대산의 둘째 부인으로 인정 많은 오로라의 엄마와 형님아우 사이로 지내며 함께 살던 인물인데 결국 오로라의 엄마를 위해 오대산을 떠난다. 그 후 결혼해 딸까지 있는 유명 한의원 원장과 새로운 불륜관계에서 결국 본처를 밀어내고 우아한 원장사모님이 되는데 성공한 인물이다. 전처의 딸은 오로라의 둘째오빠가 바람났던 상대인 박주리로 왕여옥의 딸 박지영의 이복언니이다. 복잡한 관계를 전혀 모르는 오로라가 이 사건을 해결하러 집을 쳐 들어갔을 때 오로라와 박지영은 머리채를 잡았던 악연이다. 이 둘은 황마마의 드라마에서 다시 만나 황마마를 두고 묘한 신경전을 벌인다.

　오로라공주를 보지 않은 사람이라면 대체 무슨 상황인지조차 상상이 안가는 막장스토리다. 오로라는 엄마를 힘들게 했던 첩의 딸과 라이벌 관계가 되었고 둘째오빠 오금성은 아버지의 첩에게 장모님이라고 부를 뻔하게 된 상황이다.

　막장 인물관계도는 여기서 끝이 아니다. 오로라의 세오빠는 집안이 망한 후 새일자리를 찾게 되는데 첫째 오빠 오왕성은 황마마의 큰누나 황시몽의 레스토랑 지배인으로 둘째 오빠 오금성은 조각가 황미몽의 모델로 막내오빠인 오수성은 성악가 황마마의 셋째누나의 기사로 취직을 한다. 오로라와 황마마의 관계를 모르는 세오빠는 각각 세자매와 묘한 감정으로 엮이게 된다. 극 도중에 오로라의 집이 망하면서 서류상의 이혼을 하고 미국으로 떠난 세오빠의 부인들이 미국에서 사고가 나게 되어 세오빠 마저 미국으로 떠나는 설정으로 드라마에서 하차하게 되면서 다행히 오로라의 오빠들과 황마마 누나들과의 더 이상의 큰 막장진전 없이 끝나지만 극 초반에는 임작가가 급기야 4겹사돈을 시도하는 것이 아니냐는 시청자들이 추측이 난무했었다. 어떻게 얽혀 있는지 쉽게 이해조차 어려운 막장인물관계도는 오로라공주를 막장논란에 충분한 소재거리를 제공했다.

　오로라의 연기자 데뷔로 우여곡절 끝에 다시 만나게 된 황마마와 오로라는 재결합을 하게 된다. 이때부터 세자매의 막장 시누이 역할이 시작되는데 시누이들은 오로라의 연적 박지영과 황마마를 결혼시키고 싶어 한다. 그리고 오로라를 사랑하는 매니저역으로 설설희라는 인물이 등장하면서 오로라를 두고 두 남자 간에 삼각관계가 시작된다. 극중 설설희는 완벽한 남자로 일편단심 민들레로 오로라를 짝사랑한다. 결국 누나들의 극성으로 오로라와 황마마가 다시 결별하게 된 후 설설희는 순애보적인 사랑에 박차를 가한다. 매니저인 줄 알았던 설설희는 알고 보니 금융가 부잣집 외동아들로 변신해 적극적으로 오로라에게 대쉬한다. 황마마는 이런 상황에 심하게 질투를 느끼게 되고 오로라의 마음을 돌려놓기 위해 최선을 다한다. 오로라가 받아주지 않자 황마마는 누나들에게 찾지 말라는 쪽지를 남기고 절로 떠난다. 막내 동생이 속세를 떠날 지도 모른다는 두려움에 세누나는 오로라를 찾아가 황마마의 마음을 돌려만 달라고 빌게 되고 오로라가 황마마를 찾아가게 되면서 다시 만난다. 누나들에게 질려 마음이 완전히 돌아섰던 오로라는 황마마의 끊임없는 노력에 결국 마음을 열게 되고 다시 달달한 사랑을 하며 결혼에 성공한다. 그런데 결혼 하자마자 시누이들의 태도가 돌변한다. 독하게 시집살이를 시키며 황마마 모르게 의도적으로 오로라를 괴롭힌다. 황마마를 위해 참고 견디던 오로라는 떡대 문제로 시누이들과 마찰을 빚게 되자 결국 폭발해 집을 나가기로 결심하는데 이 과정에서 황마마와 마찰을 빚는다. 오로라는 나가면 끝이라고 말하는 황마마에게 실망해 이혼을 결심한다.

같은 드라마에서 한 커플이 참 여러 번 만나고 헤어지고를 반복한다. 두 번은 실수로 그렇다 치자. 어려운 상황에서 세 번이나 다시 만나게 되었는데 결국 또다시 이별하는 두 주인공의 심리는 도대체 이해가 가질 않는다. 게다가 황마마는 오로라와 이혼한 후 상사병에 걸린다. 세 번이나 막장으로 헤어졌는데 아직도 이들에게는 감정이 남아있다는 설정도 이상하다. 그럼 어떻게든 붙잡았어야 정상 아닌가? 이러니 시청자 게시판에는 임작가의 막장 극본과 더불어 극 중의 황마마가 찌질 하다는 욕으로 도배가 될 수밖에 없다.

이혼을 결심한 후 오로라는 오로라와 황마마의 결혼 후 쓸쓸히 떠났던 설설희에게 다시 연락을 한다. 이건 또 뭔가. 처음부터 두 사람을 동시에 사랑하고 있었던 건지 오로라가 열받아 황마마의 염장을 지르려는 건지 아님 철판을 깔고 실속을 챙기겠다는 건지 뭐가 되었던 간에 도무지 납득이 가지 않는 설정이다. 게다가 설설희는 어느 날 갑자기 혈액암 4기로 판정을 받고 오로라와 악연이었던 박지영과의 약혼도 깨고 치료를 하지 않겠다고 선언한다. 설설희를 다시 만나 혈액암에 걸렸다는 걸 알게 된 오로라는 이혼서류 내고 돌아선지 얼마나 됐다고 갑자기 설설희에게 청혼하고 결혼하게 된다. 황마마는 이 둘이 재혼한 후에도 오로라를 잊지 못하고 방황하다가 설설희에게 연민의 정을 느끼게 되고 설설희를 간호하기 위해 한집에서 이상한 동거를 시작한다. 한 여자를 사랑하는 전남편과 현남편이 함께 살면서 친형제 같이 지내는 광경은 그야말로 충격적이다. 황마마의 지극정성 간호로 설희는 혈액암 완치판명을 받게 된다. 그 후 이들 사이에서 고민하던 황마마는 급작스러운 교통사고로 세상을 떠나게 되고 드라마 마지막에 오로라가 낳은 황마마를 닮은 아이가 등장한다. 도대체 누구의 아이일지 추측을 자아내는데 유전자 검사 결과 설희의 아들이었다. 그럼에도 누나들은 로라가 낳은 아들을 한번 씩이라도 볼 수 있게 해달라고 하면서 마마를 그리워한다. 결국 황마마가 죽고 난 후 잘못을 깨닫게 된 누나들은 로라에게 진심으로 사과하고 황마마가 쓴 유작이 큰상을 받으면서 극이 마무리 된다.

오로라공주를 시청하지 않은 사람들은 주인공을 중심으로 위에서 언급한 드라마의 내용을 이해하지 못할 수 도 있다. 그만큼 오로라공주는 파격적이고 상상 그 이상이다. 막장 중의 막장이라는 평에도 불구하고 높은 시청률을 기록하면서 드라마가 종영되었다. 수많은 논란 속에서도 인기가 있었음에는 확실하다. 임작가는 오로라공주로 막장드라마의 정점을 찍으면서 더 유명해 졌고 현재 수많은 방송사의 러브콜을 받고 있다. 이쯤 되니 임작가의 다음 드라마가 아이러니하게 기다려진다.

시작은 경쾌한 가족드라마로 끝은 막장으로

오로라공주는 2년여 간의 공백을 깬 임성한 작가가 극본을 맡았다는 것에서부터 주목을 끌었다. 특히 전 남편 故손 PD와 함께 호흡을 맞추기로 했었던 작품이라 제작 전부터 더욱 화제가 되었다. 그런 관심을 증명하듯 2013년 5월 오로라공주 제작발표회의 취재 열기는 뜨거웠다. 이 날 주연배우 뿐 만 아니라 극 중 주인공의 가족역할로 비중 있는 조연을 맡은 중년연기자들도 많이 참석해 성대한 제작발표회로 스타트를 끊었다.

여자주인공 오로라역과 남자주인공 황마마역은 중고 신인배우인 전소민, 오창석이 맡았다. 중고신인은 데뷔한지는 오래되었지만 그다지 주목을 받지 못한 연기자들을 말한다. 지금까지 임작가의 드라마에 출연한 중고신인들은 한방에 스타덤에 올라 탑스타가 되었다. 임작가의 드라마에 출연해서 스타가 된 장서희, 임정희, 이다해가 그런 케이스다. 그런 까닭에 임작가의 드라마는 주인공이 누구이냐도 항상 관심사가 된다. 제작발표회에 나타난 전소민과 오창석 또한 알려지지 않은 중고신인으로 큰 스포트라이트를 받았다. 조연들 중에도 처음 본 젊은 신인 배우들이 많아 보는 사람들의 호기심을 자극하기도 했다.

제작발표회에서 연출을 맡은 김PD는 의미심장한 말을 해 시청자들의 궁금증을 불러일으켰다. 계속되는 임작가 드라마의 막장 논란에 대한 기자의 질문에 이미 '보석비빔밥'에서 임작과와 이미 호흡을 맞춘 적이 있는 김PD는 '임작가의 드라마를 한 번도 막장이라 생각해 본 적 없다. 가장 가까운 관계인 가족끼리 상처 주는 일이 더 많다는 것은 현실이다' 라고 말하면서 '이번드라마는 밝고 경쾌하게 이야기를 풀어가자는 것이 저와 임 작가의 공통된 의견이다. 경쾌하고 템포감 있는 전개를 보여줄 계획이니 많은 관심을 가져달라' 라고 오로라공주의 총책임자로서의 의견을 밝혔다.

그런데 김PD의 말을 찬찬히 생각해보면 이상한 구석이 있다. 막장 논란이 계속돼온 임작가의 드라마가 막장이라고 생각한적 없다라는 말과 이번드라마는 경쾌하고 밝은 이야기로 풀어갈 예정이다라는 말은 무슨 의미일까? 김PD가 지금까지의 임작가의 전작들이 막장이 아닌 그냥 평범한 가족얘기였다고 말했다는 건 즉 대다수의 시청자의 의견에 동의할 수 없다는 의미가 아닌가? 그럼 김PD에게 막장이란 과연 무엇일까? 개인적인 의견이야 그럴 수 있지만 오로라공주의 연출자의 의견이 그렇다는 곧 임작가와 김PD의 비슷한 정신세계가 합쳐져 최상의 효과를 만들어 낼 환상의 짝꿍이 만났다는 의미이다. 이런 작가와 연출의 만난 오로라공주는 사실 처음부터 밝고 경쾌한 가족드라마가 되는 게 불가능한 일이 아니었을까 싶다.

여하튼 시청자들은 김PD가 밝힌 '밝고 경쾌한' 에 초점을 맞추고 당찬 아가씨 오로라가 중심으로 벌어지는 재미있는 가족드라마를 예상했다. 특히 임작가의 막장월드가 드디어 무너지고 임작가의 새로운 세상이 열릴 것인 가라는 기대감이 있었다. 제작발표회 현장도 웃음이 끊이지 않는 밝은 분위기에서 진행되어 오로라공주가 즐거운 가족드라마가 되지 않겠냐는 의견에 무게가 실렸다. 이런 분위기는 내심 막장을 기대하던 시청자들에게는 약간의 실망감도 안겨 주기도 했다.

　이러한 기대와 관심 속에서 오로라공주 첫 방송이 시작되었다. 그런데 첫 회부터 주인공인 오로라의 둘째오빠의 불륜이 터졌다. 그래도 초반이니 조금 더 지켜보기로 했는지 시청률은 점차 오르기 시작했다. 불륜관계가 똑 부러지는 집안의 귀염둥이 막내딸 오로라가 나서면서 일단락되면서 주인공의 발랄하고 당찬 캐릭터를 위한 설정이었을 꺼라 너그럽게 이해했다 치자.

　주인공 오로라는 극 초반부터 긍정 에너지로 넘쳐나는 재벌집 막내아가씨로 모자랄 것 없이 자란 사랑스러운 캐릭터이다. 오로라는 당찬 성격으로 잘못된 건 보지 못하는 정의로운 성격을 지닌 20대 중반의 아가씨로 기존 재벌집 막내딸이 가지고 있는 좀 재수 없는(?) 공주의 캐릭터를 깼다. 모든 가족이 떠받들어 주는 상황에서 자랐어도 부모에 대한 효심도 지극하고 형제간의 우애도 깊은 사랑스러운 딸, 여동생이다. 그렇다고 마냥 귀여움만 떠는 철없는 아가씨가 아니다. 누구보다 야무지고 똑부러진 성격으로 할 말은 해야 되는 엄청난 말발의 소유자로 극 초반에는 호감과 비호감을 동시에 가진 캐릭터였다. 특히 부모가 중년에 낳은 늦둥이 오로라는 부모에게 떠는 애교가 장난이 아니다. 보는 이들도 살살 녹게 하는 필살애교 발사로 훈훈한 웃음을 안겨주기도 한다. 또 첫눈에 만난 남자에게 적극적으로 대쉬도 할 줄 아는 내숭 없는 아가씨이다. 초반에 오로라와 황마마의 러브라인은 알콩달콩 무탈하게 진행 돼서 정말 이번에는 임작가가 달라진 게 아닌가라는 생각을 아주 잠시 들게 했다.

그러나 그것도 잠시, 임작가 특유의 막장월드가 갑자기 펼쳐지지 시작했다. 그것도 개연성이 확 떨어지는 황당한 설정으로.

오로라의 아빠가 갑자기 교통사고로 사망하면서 집이 망하고 오로라 가족이 빈털터리가 된다. 재벌의 몰락은 많이 다뤄진 소재니 그러려니 한다. 오로라의 로맨스도 함께 박살이 나고 어렵게 재회하지만 또 깨지고 만남을 계속 반복한다. 우여곡절 끝에 서로의 절절한 사랑을 확인하며 결혼하지만 결국 이혼을 한다. 오로라와 두남자간 이해할 수 없는 삼각관계도 등장하고 독한 시누이의 오만가지 만행이 시작되면서 본격적으로 정신없는 막장스토리가 펼쳐진다. 스토리 전개뿐 만이 아니라 임작가 특유의 귀신출현 등의 판타지에 가까운 황당 장면들도 속속들이 등장하기 시작한다. 대사도 마찬가지다. 임작가 하면 또 파격적이 대사 아닌가? 오로라공주에서는 파격적인 대사가 많이 나와 대사 한마디만으로도 시청자들을 경악하게 만들었다. 극중 전개를 두고 벌어지는 논란 외에도 임작가의 무대뽀적인 밀어붙이기로 인한 30회 연장방송 결정, 연이은 주역배우들의 대거하차 등 또 다른 임작가의 막장행보에 시청자들은 점차 동요하기 시작했다.

오로라공주는 훈훈한 가족드라마를 기대했던 시청자들이 초반 예상을 뒤엎고 갖가지 논란으로 막장드라마의 최고봉으로 올라섰다. 그런데 막장전개가 극에 달하고 각종 논란이 거세질수록 시청률은 오르는 게 막장드라마의 공식 아니던가? 기대했던 던 것과는 다르게 혹은 기대했던 대로 오로라공주가 막장으로 치닫고 있는데도 불구하고 그럴수록 시청자들은 더 열심히 오로라 공주를 봤다는 아이러니한 사실은 객관적인 시청률이 말해준다.

아마 처음부터 임작가의 작품이라 대놓고 막장을 기대했던 일부 사람들은 제작발표회에서 김PD가 경쾌하고 밝은 드라마라고 밝혔을 때 내심 실망스러웠을 것 같다. 여하튼 전과는 다르다는 말에 얼마나 다른지 한번 보겠다는 시청자들은 원했던 임작가의 막장월드가 펼쳐지니 더 인기가 오를 수밖에 없었던 것 아닐까

드라마홍보를 위한 제작발표회에서 대놓고 우리드라마는 막장이다라고 말할 사람은 없다만 '밝고 경쾌한' 이미지로 드라마 홍보를 했던 연막작전은 제대로 먹힌 것 같다. 여하튼 오로라공주는 시작부터 막장인지 아닌지에 대한 궁금증으로 엄청난 관심을 불러일으키는 데 성공했고 초반을 지나면서부터 끊임없는 논란으로 막장의 최고봉으로 평가받고 있음에도 불구하고 굳건히 유지된 시청률이 그걸 말해준다.

다른 공주도 많은데 왜 하필 오로라 공주인가

임작가는 왜 오로라공주를 드라마 제목으로 한 것일까? 오로라공주는 만화영화의 여주인공이다. 임작가의 전작제목에도 〈인어아가

씨〉, 〈왕꽃선녀님〉, 〈온달왕자들〉과 같이 옛날 만화영화나 전래동화의 주인공들이 있다. 언어아가씨는 디즈니 만화 인어공주, 왕꽃선녀님은 우리나라 대표 전래동화인 선녀와 나무꾼, 온달왕자들은 바보온달에서 모티브를 따온 것일까. 아니면 그냥 제목만 이렇게 지은 것일까? 아무튼 이렇게 어린이 동화 속 나오는 주인공을 넣어 여러 개의 드라마 제목을 정한 걸 보면 임작가가 어쩌면 엄청나게 순수한 영혼이라 막장에 대한 개념이 남다른 건 아닐까라는 생각이 든다.

일반적으로 드라마의 제목은 드라마의 전반적인 내용을 함축하는 의미를 가지고 붙여진다. 그런데 임작가의 드라마제목들은 왜 그렇게 제목을 지었는지 추측하기가 쉽지 않다. 결국 정확한 이유는 임작가 본인만 알고 있다. 인어아가씨의 경우에도 왜 인어아가씨로 제목을 정했는지에 대해서는 시청자들의 추측만 난무할 뿐 누구도 정확한 의미를 모른다. 원래 여주인공이 하반신마비가 되는 설정이 있었는데 그게 초반의도랑 다르게 변경되면서 극이랑 제목이랑 안맞게 되었다는 설도 있는데 사실인지는 알 수가 없다.

오로라공주도 많은 공주들이 있는데 왜 하필 오로라공주냐고 묻는다면 정확한 답은 임작가에게 직접 들어야 할 것이다. 다만 오로라공주가 등장한 원작 만화와 비교해 추측해 볼 수 있을 뿐이다.

오로라공주가 등장하는 작품은 두가지가 있다. 둘다 만화이다. 하나는 1959년에 나온 월트디즈니 명작 애니메이션 '잠자는 숲속의 공주' 의 공주의 이름이 오로라다. 다른 하나는 1980년에 한국어로 번

역돼 방영되면서 큰 인기를 누렸던 '별나라 손오공'이라는 일본 애니메이션으로 여기에도 오로라공주가 나온다. 두 애니메이션 모두 큰 인기를 누렸던 애니메이션으로 오로라공주라는 단어 자체는 우리에게 매우 친숙하다. 이 두가지 외에 우리나라에서 상영된 영화 오로라 공주가 있다. 그런데 이 오로라 공주는 잠자는 숲속의 공주 오로라 공주의 이름을 따서 붙인 것이다. 그러니 잠자는 숲속의 공주 오로라와 별나라 손오공의 오로라 두가지가 우리가 그동안 작품으로 만난 오로라 공주 캐릭터이다.

그럼 드라마 오로라 공주는 어느 오로라공주를 모티브로 한 것 일까? 먼저 '잠자는 숲속의 공주'의 스토리에서 오로라공주는 어느 왕국에서 오랜 기다림 끝에 탄생한 공주로 나온다. 아기가 태어나자 세 요정들이 공주를 축복하는데 첫 번째 요정은 아름다움을, 두 번째 요정은 고운 목소리를, 세 번째 요정은 영원한 행복을 빌어준다. 그런데 세 번째 요정이 축복을 내리려고 하는 순간 공주님의 탄생축제에 초대받지 못해 앙심을 품은 악의 요정이 오로라공주가 16세 생일날 물레 바늘에 손가락이 찔려 죽을 것이라는 저주를 내리고 사라진다. 그러자 축복을 끝내지 못했던 세 번째 요정은 공주가 죽는 대신 깊은 잠에 빠지고 진정한 사랑의 키스만이 공주를 깨울 수 있다고 서둘러 고쳐 말한다. 왕은 공주를 지키기 위해 나라의 모든 물레를 불태우고 마녀의 눈을 피해 숲속에서 공주를 기른다. 공주는 숲속에서 우연히 만난 이웃나라의 필립왕자와 사랑에 빠진다. 그 후 자신의 신분을 알게 된 공주는 궁으로 돌아가게 되고 공주의 안전을 위해 홀로 왕궁의 탑속에 숨어지내게 된다. 그러나 결국 마녀의 계략으로 저주대로 16세 생일날 깊은 잠에 빠지게 되지만 공주를 찾아낸 필립왕자의 키스로 공주가 깨어나게 되는 해피엔딩인 동화이다. 임작가의 오로라공주가 '잠자는 숲속의 공주'에서 따온 것이면 귀하게 태어난 부잣집 고명딸이라는 부분이 비슷하다. 또 이 동화에 마녀가 있다면 오로라공주에게는 막장시누이들이 있고 우연히 왕자님을 만나게 돼서 순간 사랑에 빠지는 것도 비슷하다. 그런데 뭔가 중요한게 안 맞는다. 드라마 속 오로라는 바늘에 찔릴 걸 두려워해 탑에 갇혀있을 오로라가 아니다. 임작가의 오로라는 오히려 마녀를 찾아가 저주를 왜 걸었냐고 한 껏 쏘아 부치고 논리적으로 설득해 저주를 풀어냈을 것만 같은 캐릭터이다. '잠자는 숲속의 공주'가 과연 그 오로라공주 일까?

'별나라 손오공'의 오로라공주는 아름다운 동화가 아닌 SF 공상과학 만화 주인공이다. 별나라 손오공은 1980년대 초반에 처음 방영되었었고, 그 후에 다시 한번 방영되었다. 1980년대 초반에는 지금처럼 한집에 TV가 두세대 씩 있는 시절이 아니었음에도 별나라 손오공은 그 당시 시청률 21%를 기록하며 선풍적인 인기를 끌었다. 만화에 등장하는 캐릭터나 무기, 우주선 등을 본 따 만든 장남감과 학용품도 그 시절에 유행했던 추억으로 남아있다.

별나라 손오공의 줄거리는 서유기를 모티브로 한다. 서유기에서의 삼장법사가 '오로라공주'로 대체되고, 손오공, 저팔계, 사오정이 사람의 모습으로 나온다. 우주에 나타난 요괴들로 인해 어지럽던 은하계의 달 왕국의 공주였던 오로라공주는 어머니에 의해 위험한 우주에서 지구로 보내진다. 은하계를 구하기 위해 자신이 필요하다는 것을 안 오로라는 세 명의 친구와 함께 우주선을 타고 대왕성으로 떠나면서 여러 행성을 지나면서 험난한 여정을 헤쳐 나간다. 결국 오로라는 요괴들을 사라지게 할 갤럭시 에너지 부활에 성공하고 네 명이 함께 지구로 돌아온다는 스토리의 SF 만화영화이다.

별나라 손오공의 오로라공주는 먼저 외모에서 좀 다르다. 디즈니의 흔한 공주들이 보통 풍성하고 긴 드레스를 입고 공주에 걸맞는 여성스러운 치장을 하고 있다면 별나라손오공의 오로라공주는 활동적으로 보이는 짧은 스커트에 헬멧을 쓰고 있어 공주라기보다는 여전사의 느낌이 난다. 뭔가 연약해 보이면서도 강한 이미지이다.

사실 별나라 손오공의 오로라 공주는 약해 보이지만 약한 캐릭터는 아니다. 오로라 공주는 손오공, 저팔계, 사오정에 의해서 보호를 받는 존재이다. 하지만 삼장법사가 머리테를 통해 손오공을 조종하였듯이, 오로라 공주도 머리테로 손오공을 조종한다. 싸우기 싫어하는 손오공을 싸우게 만드는 것이 머리테의 역할이다. 오로라 공주는 약한 존재이기는 하지만 어려움을 피해 도망가지는 않는다. 손오공, 저팔계, 사오정과 같이 어려움에 직접 부딪힌다. 어려움을 피하려는 손오공을 조종해서 일부러 어려움에 부딪히고, 결국 어려움을 극복해나가는 캐릭터인거다.

이 점은 드라마 오로라공주의 오로라와 아주 닮아있다. 오로라는 여성스럽고 약해보이는 외모를 가졌지만 똘망한 눈망울과 똑부러지고 야무진 성격을 가진 캐릭터로 현대판 여전사의 이미지와도 잘 어울린다. 또 부모를 여의고 가족 없이 홀로 남겨지게 된 점도 비슷한 설정이다.

요괴의 공격도 정말 요괴스러운 시누이의 독한 시집살이로 연결지을 수 있다. 또 오로라 곁에는 손오공처럼 진심으로 함께 해주는 사람들이 있어 어려울 때 큰 도움이 된다. 무엇보다 역경 앞에서 굴복하지 않고 용기 있게 헤쳐 나가는 것이 별나라 손오공의 오로라공주와의 가장 큰 공통점이다. 무섭다고 피하고 숨는 게 아니라 적극적으로 어려움을 맞서 이겨내려고 노력한다. 상황적인 설정이야 SF물이니 드라마와 다르다고 보는 게 맞겠지만 극중 황당한 상황설정들이 시청자들을 여러 번 안드로메다로 보낸 점이 SF급임으로 시청자들의 입장에서는 비슷하다고 느낄 수 있겠다. 하나 다른 점이 있다면 별나라 손오공에는 오로라공주의 로맨스가 없다는 것이다.

사실 임작가가 어떤 것에서 극의 모티브를 따왔는지 무슨 생각으로 제목을 오로라공주로 지었는지는 알 수 가 없다. 그치만 추측하건데 아마 '잠자는 숲속의 공주' 는 아닐 것 같다. 두 작품을 다 본 사람이라면 주인공인 두 오로라공주들이 얼마나 다른지 누구나 공감할 꺼다. 그러면 '별나라 손오공' 의 오로라공주 일 가능성이 큰데 이것도 추측일 뿐이다. 다만 좀 더 그럴듯한 근거를 대자면 오로라의 오빠들의 이름도 은하계와 관련이 있다는 것이다. 오로라의 오빠들의 이름은 오왕성, 오금성, 오수성으로 행성의 이름이 연상 된다. 그러나 임작가의 세계는 평범한 사람으로는 이해하기가 어려우니 누가 알겠는가. 그냥 큰 의미를 두지 않고 그냥 단순히 오로라라는 어감이 마음에 들어 극중 인물이름을 오로라로 하면서 오로라공주가 되었을 지.

시청계층- 대체 누가 보는 거야?

시작부터 논란이 끊이지를 않는 오로라공주. 그런데 여러분이 20대라면, 그리고 30대에 직장을 다니는 사람이라면 막상 주위에 오로라 공주를 본 사람은 많지 않을 것이다. 이 연령대의 사람들이 주위 사람들에게 오로라공주를 본적이 있는지를 물어보면 대부분 돌아오는 대답은 '뭔지는 아는데 보진 않았다' 이다. 안봤다는 사람이 뭔지는 안다는 게 좀 이상하긴 한데 대부분 그 말 뒤에 덧붙이는 고정멘트가 있다. 임작가의 막장드라마 아니냐. 정말 신기하게도 많은 사람들이 그렇게 비슷한 대답을 한다.

오로라공주는 만화 원작이 있다. 그런데 요즘은 누구나 임작가가 극본을 쓴 드라마로 더 유명하다. 위에서 언급했듯이 보지도 않은 사람들 대부분이 이미 드라마에 대해 부정적인 태도를 가지고 있다. 이런 부정적인 태도는 오로라공주 시청자들의 포털사이트에 연일 막장 논란을 일으키고 자극적인 제목으로 기사화 되면서 딱히 관심이 없 던 사람들에게도 막장드라마라는 이미지를 심어주었다. 이 말은 즉 누군가는 오로라공주를 열렬히 시청하면서 드라마에 대한 평을 해대 고 있다는 것을 의미한다. 보는 사람이 없어봐라. 욕이고 뭐고 아무 도 관심이 없다. 기자들도 이슈가 되지 않는 기사를 매일 연재해가면 쓸 일이 물론 없을 것이다.

그럼 누가 보는가? 회사 동료나 주변 친구들에게 물어보면 주위에 봤다는 사람들이 별로 없는데도 불구하고 일일드라마 치고는 20%가 넘는 높은 시청률을 유지하는데 성공했다. 막장드라마라고 욕하던 어쩌던 어쨌든 고정시청계층을 확보하고 있다는 확실한 증거다.

오로라공주는 공영방송 MBC의 드라마다. 꼬마애들부터 할머니, 할아버지까지 MBC, 주로 리모컨에서 11번을 누르면 나오는 채널을 다 알고 있다. 종편방송이 활성화되기 시작했지만 아직까지 특정채 널 이외에는 친숙하지가 않다. 케이블을 설치하지 않은 세대도 많고 설치했더라도 이미 몇 십 년 동안 길들어진 KBS, MBC, SBS, EBS 의 채널을 먼저 돌려 보는 게 익숙하다. 아무리 종편의 세계가 왔다 해도 공영방송의 파워는 아직까지 분명 절대적이다. 특히 어느 정도 나이가 있는 연령대의 시청자들은 더욱 그렇다.

오로라공주는 매일 오후 7시 15분에 방영되는 일일드라마로 이시 간대의 시청자들의 특징을 추측해 볼 수 있다. 15세 이상 등급 관람가 이니 어린 아동은 일단 제외가 된다. 뭐 몇몇 성숙한 아이들이 일일드라마를 즐겨볼 수도 있겠지만 그들이 좋아하는 아이돌이 나온 드라마가 아닌 이상 그럴 가능성은 거의 없다. 그럼 15세 이상의 청소년? 이 친구들은 웬만해선 이 시간에 집에 없다. 엄마의 등쌀에 밀려 대부분 학원에 갔거나 나가 또래친구들이랑 어울리고 있는 게 일반적이다. 혹 집에 있더라도 엄마의 눈칫밥과 감시에 일일드라마를 열렬히 시청할 수 있는 계층이 아니다. 그리고 이 연령대가 보기에는 이미 내용 자체로 공감대 형성이 어려워 일단 재미가 없어 안 볼 꺼다. 20대가 주 시청자일 가능성은 얼마나 될까? 20대 대학생이 일일드라마를 꼬박꼬박 챙겨볼 시간이 있다면 그건 취업난에 허덕이고 있는 한국사회에서 취직의 압박을 안 받는 극소수거나 아님 원래부터 각종 드라마 매니아거나 친구대신 TV를 더 좋아하는 사람일 가능성이 높다. 여튼 전체 시청자계층에서 차지할 비율이 낮은 건 마찬가지다. 그럼 30대 이상의 직장인? 30대 이상의 사회생활을 하는 보통 직장인의 정해진 업무시간은 오전9시부터 6시까지이다. 그런데 주중에 칼퇴를 할 수 있는 직장인이 얼마나 되겠는가? 것도 퇴근시간까지 업무를 다 마치고 정확한 칼퇴를 해야 한 시간 뒤쯤 방영하는 일일드라마를 챙겨볼 수 있다. 일주인간 일을 정시에 마치고 칼퇴하는 날이 며칠이나 되는지 일반 직장인들에게 물어보라. 아마 일일드라마를 챙겨본다는 사람을 찾기 쉽지 않을 것이다.

　드라마 시청률 특히 일일드라마 시청률은 성별에서도 차이가 많이 난다. 항상 예외의 케이스가 존재하기는 하지만 보통 남자들이 좋아하는 드라마와 여자가 좋아하는 드라마의 부류가 다르다. 남자는 역사, 메디컬, 액션드라마와 같은 것을 좋아하지만 여자는 로맨틱, 코믹 드라마같은 장르를 좀 더 선호하는 것 같다. 영화를 보는 취향도 비슷하게 갈린다. 이런 차이는 어떤 것이 우월하고 아니고 와는 관계없이 타고난 성별에서 오는 차이와 문화적으로 학습된 성역할에서 온다. 마치 장난감 가게에 아이들을 풀어놓으면 골라주지 않아도 남자아이는 로봇코너에 여자아이는 인형코너에서 서성이는 것과 비슷하다.

이렇게 따진다면 드라마 시청계층은 학생도 아닌 직장인도 아닌 여성의 성별을 가진 사람으로 압축된다. 한국사회에 이런 부류에 해당되는 집단이 있다. 바로 전업주부 집단이다. 흔히 아줌마라고 부르는 우리들의 엄마가 일일드라마를 가장 많이 본다는 말이다. 저녁식사를 준비하면서 혹은 준비를 끝내고 가족들을 기다리는 시간을 때우면서 보기에 오후 7시 15분은 아주 좋은 시간이다. 전업주부는 오전에는 가족들의 외출 준비로 오후에는 개인적인 약속과 밀린 집안일로 바쁘다. 또 가족들이 귀가한 다음에는 가족들과 함께 시간을 보내야 한다. 이런 것을 다 고려하면 7시 15분은 일일드라마를 방영하기에 하루 24시간 중 가장 좋은 시간이다. 일일드라마임에도 불구하고 시청률이 고정적으로 유지되는 것을 보면 주 일일드라마 시청계층은 전업주부일 가능성이 아주 높다.

더군다나 일일드라마의 소재는 직접 경험했거나 옆집 아줌마의 친구의 동생의 아는 사람의 얘기라며 한번쯤은 들어봤을 만한 이야기다. 독한 시월드, 바람난 남편, 꼴통인 애들 때문에 속썩는 장면 등은 꽤 친숙한 장면이다. 표현이나 상황설정이 과장되고 지나치긴 하지만 사람 사는 데 아무 일이 없는 것도 이상한 거 아닌가? 살면서 직접적, 간접적으로 겪는 사건들을 드라마 속에서 보며 같이 웃기도 울기도 하는 게 일일드라마를 보는 아줌마들의 심리이다.

아줌마들은 어쩌면 사회적으로는 고립된 집단이라고 볼 수 있다. 학생과 직장인 모두 사회생활을 하면서 다양한 곳에서 다양한 경험을 하지만 우리 엄마들의 행동반경은 집에서 그리 멀리 떨어지지 못한다. 만나는 사람도 비슷한 사람들이다. 그만큼 하루자고 일어나면 변하는 지금시대에 적응하기가 쉽지 않다. 물론 최근에야 교육수준이 높은 아줌마들이 많아지고 스마트폰 덕택으로 세상물정에 밝은 전업주부가 많아졌지만 그래도 여전히 일일드라마의 주 시청계층인 40대 이상의 아줌마들에게는 세상을 넓게 바라 볼 수 있는 기회가 많지 않은 게 사실이다. 드라마는 이들이 해보지 못했던 경험을 간접적으로나마 손쉽게 할 수 있는 기회를 제공한다. 여주인공의 직업이 뭐냐에 따라 현실에서는 불가능한 패션디자이너, 모델이 되어 볼 수도 있고 또 못 배운 게 한(恨)인 사람들에게는 각종 잘나가는 전문직이 될 수 도 있게 한다. 드라마에서 주어들은 대사로 알게 된 지식으로 반의사가 되고 반변호사가 되기도 한다. 그것 뿐 만이 아니라 드라마에서 배우들이 입고나오는 옷, 악세서리 등은 보통 최신유행을 따라가기 때문에 아들과 딸도 안 가르쳐 주는 요즘 유행이 뭔지도 알 수 있다.

또 드라마에서 나오는 막장 시월드를 본인의 상황과 비교하면서 욕하기도 하고 내심 저것 보다는 심하지 않으니 안도하기도 한다. 무엇보다 아줌마들 간에 충분한 수다꺼리를 제공해 주는 역할을 하면서 아줌마들의 수다본성을 만족시켜 준다.

예전에는 이 정도에서 끝났지만 지금은 웬만하면 할아버지, 할머니들도 스마트폰을 들고 있는 시대가 아닌가? 아줌마들은 드라마에 대한 비평가로도 활동하기 시작했다. 평소에 억눌린 의견을 마음껏 분출 할 수 있는 창구가 생긴 것이다. 막장드라마가 떴다 하면 첫방부터 종방까지 몇 달 간은 하나의 스트레스 해소책이다. 매일 자세히 나름의 논리를 펴가며 열심히 비판하는 걸 보면 그 재미가 쏠쏠한 가 보다. 그렇게 해서 밥이 나오는 것도 떡이 나오는 것도 아닌데 재미라도 없다면 왜 바쁜 사람들의 입장에서 봤을 때 시간낭비로 보이는 인터넷의 누리꾼으로 활동하겠는가?

오로라공주는 이러한 아줌마들의 심리를 자극하도록 극본과 연출이 환상의 궁합을 이루는 드라마다. 부잣집 마나님들의 등장, 불륜, 복잡한 인물관계, 독한 시월드, 백마탄 왕자님의 출현 등등 모든 요소를 다 갖췄다. 극 전개에 개연성도 떨어진다. 뿐만 아니라 극 중 배역들의 대거 하차 등으로 드라마 내용 외의 잡음도 끊이질 않는다. 아줌마들이 욕하기에 종류별로 다양한 꺼리를 많이도 만들어 주고 있다.

어쩌면 이 모든 상황이 처음부터 막장으로 욕을 먹으면서 관심을 끌어 시청률을 유지하겠다는 작가와 제작진의 의도된 전략이었을지도 모르지만 그런 복잡한 생각은 중요하지 않다. 어쨌건 높은 시청률을 보장하는 든든한 아줌마 시청계층 확보에는 완전 성공했으니 말이다.

히트메이커? 트러블 메이커! 임작가의 오로라공주

논란 속에서도 굳건히 인기를 유지하고 있는 오로라공주의 중심에는 임작가가 있다. 오로라공주를 이해하기 위해 임작가에 대해 조금 살펴보자. 임작가는 1960년 생으로 50대의 여성이다. 여성임을 밝히는 것이 좀 의아할 수도 있겠으나 의외로 임작가를 남성으로 알고 있는 사람들이 꽤 있다. 거친 어감의 '막장' 이라는 수식어가 항상 따라다는데다가 이름이 중성 스러운 느낌을 줘서 그런지 그런 착각을 하는 사람들이 더러 있다.

수많은 히트작을 써낸 임작가는 사실 충주산업대학 전자계산학과 출신으로 문예창작과는 거리가 먼 '공대여자' 다. 임작가가 드라마작가로 데뷔했을 때 임작가의 나이는 30대 초반이었다. 임작가가 드라마작가가 된 계기에 대해 나온 적이 있는데 우연히 드라마를 보다가 너무 재미가 없어서 '내가 써도 저것보다는 잘쓰겠다' 라는 생각이 들었다고 한다. 그 후 임작가는 진짜 드라마작가가 되기 위해 방송아카데미를 다니면서 각본을 쓰는데 필요한 기본적인 것을 배우고 1991년 KBS〈미로에서서〉라는 단막극으로 데뷔를 했다. 그 후로도 단막극을 주로 쓰다가 1997년 MBC 베스트극장 극본 공모 당선으로 수상하게 되었고 이듬해 첫 장편극 MBC 일일드라마〈보고 또 보고〉의 극본을 맡았다.

　신비주의 컨셉을 철저히 고수해오고 있는 임작가에 대한 사적인 스토리는 별로 알려진 바가 없다. 그녀는 4년 전 쯤 본인이 극본을 맡은〈보석비빔밥〉의 방영을 앞두고 MBC측과 한번 인터뷰한 적이 있는데 주저리 주저리 그 내용을 풀어쓰는 것보다는 실제 임작가가 말한 걸 직접 보는게 임작가에 대해 조금이나마 이해에 더 도움이 될 것 같아 기사의 중심 내용을 요약해 인용하면 이렇다.

기　자 : 작가들 대부분이 그렇긴 하지만 다른 작가들에 비해서 더더욱 모습을 드러내는 걸 좋아하지 않는 것 같다. '신비주의' 인가.

임작가 : 절대 신비주의 아니다. 신비주의란 말 자체에 거부감이 든다. 기력이 딸릴 만큼 많은 사람들을 만난다. 주로 평범한 보통 사람들을 만나 보통의 정서와 사는 이야기, 모습들을 많이 듣고 보려고 노력한다. 일에만 에너지를 쏟고 싶고 조용히 내 삶을 살고 싶을 뿐 다른 이유는 없다

기 자 : 대부분의 작품에서 중고 신인이거나 신예들을 주인공으로 발탁하는 경우가 많은데 특별한 이유가 있는가.

임작가 : 물론 있다. 신선하다. 기존에 많이 떴던 배우들은 갖고 있는 이미지가 강해서 새로운 캐릭터에 도움이 안 된다. 또 신인들한테 기회를 줬을 때 최선을 다하는 모습이 있다. 그게 좋다. 난 누구도 적당히 하는 건 싫다. 제작진이 최선을 다하니까 배우들도 최선을 다해야 한다. 배우가 속한 소속사에서도 아낌없는 지원을 해야 하고... 딱 두 가지, 성실성과 캐릭터에 맞는지를 보는데, 감독과 의견을 나눠서 결정한다. 이번 캐스팅도 연출자 백호민 감독, 제작자 김정호 부장과 다 같이 의논해서 했다.

기 자 : '욕하면서 보는 드라마' 라는 평에 대해 섭섭하지는 않는가.

임작가 : 〈하늘이시여〉의 경우처럼 법으로도 아무 문제가 없는 피 안 섞인 결혼인데 소재만 갖고 작품 시작하기도 전에 '패륜', '막장' 이라고 단정 짓는 것에 대해 무슨 말을 하겠나. 적어도 기자들이라면 영화나 소설, 드라마는 어떤 소재도 상관없다는 것을 알 텐데... 할 말이 없다. 그러려니 한다.

기 자 : 지금까지의 작품들 중 본인에게 가장 기억에 남거나 애착이 가는 작품은?

임작가 : 한 번 하고 나면 그걸로 끝이다. 미련이 없다. 내 성격이 정이 많긴 하지만 연연해하지는 않는다. 앞으로 할 얘기들에 오히려 더 많은 애착이 있다.....(중략)

(출처: iMBC 홈페이지)

임작가의 말에 따르면 본인은 신비주의가 아니라고 한다. 그런데 시청자가 판단하기에는 철저한 신비주의다. 인터뷰 한번 했다고 신비주의자가 아닌 것은 아니지 않은가. 개인사에 대해서는 대부분의 작가들과 비슷하게 학력과 나이 외엔 별로 알려진 바가 없다.

그런데 임작가는 다른 작가들보다 훨씬 더 신비주의 이미지가 강하다. 그것도 그럴 것이 임작가가 썼다하면 그 드라마가 갖은 논란에 휩싸이는데도 불구하고 가장 예민하게 반응해야 할 작가는 정작 아무 반응이 없다. 그렇다고 시청자들의 의견을 받아들여 극 중 논란이 된 것들에 대해 좀 자제하는 듯 한 시늉조차 하지 않는다. 누가 뭐라고 하던 본인만의 세계를 고집한다. 또 SBS에서 방영 되었던 〈신기생뎐〉의 경우 임성한 작가의 요청으로 전출연진에게 홍보금지, 대본과 내용 유출금지명령이 떨어졌고 제작발표회 마저 취소되었다. 이런 게 바로 진정한 신비주의 컨셉이다.

보고 또 보고는 1998년에 방영된 임작가의 첫 장편 드라마로 그 당시 일일드라마 역사상 최고의 시청률인 57.3%까지 기록 하면서 큰 인기를 누렸다. 심지어 드라마의 영향으로 이어서 방송되던 MBC 뉴스데스크가 3년 만에 KBS 뉴스 9를 제치기도 해 방송사입장에서는 임작가는 일타쌍피를 이끌어 낸 영웅이었다. 이 보고 또 보고에서부터 본격적인 임작가의 막장월드가 시작되었고 제멋대로인 고무줄 편성, 여성비하, 겹사돈 등의 소재로 논란의 대상이 되었다. 임작가의 또 다른 특허인 스타제조기술도 이 드라마로부터 상용화 되었는데 보고 또 보고로 김지수는 그 해 연기 대상을 받았고 현재 고인이 된 박용하도 남자신인상을 수상하는 영예를 얻으면서 급 스타덤에 오르게 되었다.

임작가의 인터뷰 내용을 보면 본인의 드라마가 막장드라마로 불리는데 그다지 크게 신경 쓰지 않는 것 같다. 보통 작가라면 작품을 자식으로 여긴다고도 하는데 임작가는 누구보다도 거센 비판을 받고 있는 장본인임에도 불구하고 나름 '쿨' 한 태도를 보인다. 〈하늘이시여〉에 대한 막장 논란에 대해 법적으로 문제가 없는 피도 안 섞인 결혼인데 뭐가 문제냐라는 임작가의 반응을 보면 '막장' 에 대한 개념이 일반사람들과는 다른 것 같기도 하다.

또한 한번 끝낸 작품에 대해서 애착이 없다는 말도 일반적으로, 그것도 극본분량이 많은 일일드라마의 작가가 쉽게 할 수 있는 말은 분명 아닌 것 같다. 임작가 생각하는 진정 막장은 과연 어느 정도인지가 궁금해진다.

임작가의 보고 또 보고가 유례없는 히트를 하며 임작가는 방송사에서 슈퍼 '갑' 이 되었다 더군다나 차기작 들이 줄줄이 그 명성에 걸맞는 막장스토리로 큰 인기를 누렸다. 〈온달왕자들〉, 〈인어 아가씨〉, 〈하늘이시여〉, 〈왕꽃 선녀님〉, 〈보석 비빔밥〉, 〈신기생뎐〉 등 거의 매년 숱한 화제작을 쏟아내는 기함을 토했다.

임작가월드라는 말이 생길 정도로 임작가의 모든 전작들은 공통적으로 막장의 수식어가 따라붙기에 충분히 파격적인 내용이 중심이었다. 불륜, 출생의 비밀, 이해하기도 어렵게 개연성 없이 얽히고설킨 인물관계, 귀신 출현, 사후세계 등등 말로만 들어도 현실에서 일어나기 어려운 소재가 한 드라마에서 한 두 가지도 아니고 한꺼번에 등장한다. 246부작으로 거의 2002년 6월부터 2003년 6월까지 연장에 연장을 거쳐 일 년을 넘게 인기리에 방영 되며 진기록을 세웠던 〈인어아가씨〉를 예로 들어보자.

언니 동생하며 친하게 지내던 두 여자가 있었다. 그런데 동생이 딸까지 둔 그 언니의 남편과 바람이 난다. 언니는 둘째를 임신한 채 이혼을 하고 미국으로 떠난다. 미국에서 홀로 출산을 하게 되는데 아기는 자폐아로 태어나고 산모는 충격에 시력을 잃는다. 이 모든 과정을 지켜보며 자란 장성한 딸은 맹인어머니와 자폐아동생을 돌보며 가장역할을 하며 살아간다. 그러다가 자폐아동생이 세상을 떠나게 되고 딸은 어머니와 함께 한국으로 돌아오게 된다. 여기서 딸은 인어아가씨 하면 딱 떠오르는 배우 장서희로 극중 '은아리영' 이다. 아리영이 초라한 모습으로 한국에 돌아와 보니 아버지는 신문사 부사장, 불륜녀는 유명중년 연기자가 되어 잘 먹고 잘사는 모습에 분개하게 되고 복수를 결심한다. 마침 아리영은 급부상하기 시작한 능력 있는 드라마작가로 나온다. 아리영은 자신의 어머니 이야기를 극본으로 쓴 드라마에 그 중년연기자를 캐스팅해 본인이 저지를 잘못을 스스로 곱씹게 한다. 또 자기 아버지의 과거를 폭로해 실직하게 하고 아버지와 불륜녀 사이의 의붓 여동생의 약혼자를 가로채 결혼 까지 하는 철저한 복수를 하는 내용이다. 이정도 스토리면 굳이 부연설명을 하지 않아도 왜 시청자들이 막장을 논하는지 알만하지 않은가? 디테일함은 다르지만 임작가의 다른 드라마에서도 막장소재와 억지스러운 스토리 전개는 일관적으로 계속되었다. 뿐만 아니라 오로라공주에서도 논란이 되고 있는 극 중 배우 하차, 일방적인 연장결정 등 드라마 내용 밖의 외부적인 잡음도 예전부터 존재했다. 각 드라마의 연출도, 배우도 다르지만 절대적인 공통점은 임작가의 작품이라는 것이다. 임작가의 영향력은 우리가 상상할 수 있는 선을 훌쩍 뛰어넘는 것 같다.

오로라 공주는 시작부터 단지 임작가의 신작이라는 이유만으로도 주목을 받았다. 전작들도 만만치 않은데 왜 유독 오로라공주가 유독 조기종영 요구, 연장반대 서명운동, 각종 비방글 난무 등 유독 시청자들의 뭇매를 맞고 있는 걸까? 그 이유는 임작가의 막장스러움의 무리함이 극에 달하고 있기 때문이다. 극본이 임작가인 걸 감안하더라도 실험적인(?)시도들이 다량 방출 되었다. '암세포도 생명이니 죽일 수 없다' 라는 대사부터 19금 장면, 유체이탈, 욕설의 말풍선 처리, 작가 마음대로 바뀌는 캐릭터 비중 등 숱한 논란거리를 대놓고 제공했다.

그 중 가장 시청자들의 분노를 사게 한 건 드라마 초반부터 오로라공주의 주역이었던 11명의 배우가 종영 전 하차하게 된 역사상 최고의 연기자 대방출 사건이다. 잠시 나오는 조연들이 아닌 극전개에 큰 비중을 차지하면서 인지도 있는 중견배우들이 맡았던 역할 들이 극전체에 개연성 없이 갖가지 이유로 하차하게 되면서 시청자들의 분노는 결국 터지고 말았다. 각종 포털싸이트에 비방글이 도배되고 임작가 퇴출운동까지 벌어지고 있는 상황이 계속 되었다. 보통사람과 다른 임작가야 그렇다 치고 이쯤 되면 제작진이 압박을 받지 않을 수가 없었다. 그럼에도 불구하고 임작가의 전작과 마찬가지로 아이러니 하게 오로라 공주는 무난하게 높은 시청률을 유지하고 있었으니 제작진으로서도 임작가의 무소불위 권력 앞에 무릎을 꿇을 수 밖에 없지 않겠는가?

오로라 공주의 시청률

오로라 공주의 패러독스는 시청률이다. 오로라 공주의 스토리와 주변 상황은 오로라 공주가 대표적인 막장 드라마이고 출연 배우들에 대한 예의도 잃었다면서 욕을 했다. 그런데 시청률은 높았다. 욕을 엄청나게 먹고 있는 상황인데도 시청률은 여전히 높은 수준을 유지하고 있었던 것이다. 시청률이 높으니 연장 방송을 결정했다. 또 시청률이 높으니 광고가 모두 판매되었다. 사람들이 욕을 하지만 시청률은 높았다. 이것이 막장 드라마의 전형적인 형태이기도 하다.

그러면 도대체 오로라 공주의 시청률은 어땠을까? 추이를 살펴보면 아래 그래프와 같다.

1회부터 135회까지의 오로라 공주 시청률을 표로 정리하면 다음과 같다.

[그림 1] 오로라 공주 시청률 추이 (매회 시청률 기준)

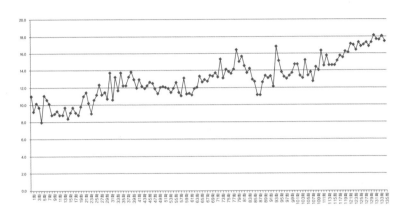

오로라 공주 첫 회는 11%로 시작했다. 하지만 그 다음날에는 시청률이 떨어졌다. 그 다음부터는 계속 올라갔다 내려갔다를 반복했고 마지막으로 갈수록 조금씩 올랐다. 130회가 넘어서면서부터는 18%까지 기록했다. 종영 무렵에는 20%가 넘어섰다. 처음에 10%인 것을 생각하면 두 배 가까이 시청률이 높아진 것이다.

일일 드라마에서 이정도의 시청률이 나오는 것은 대성공이다. 주말드라마의 경우에는 20%가 그렇게는 높지 않은 시청률일 수 있다. 하지만 일일 드라마에서 20%는 높은 시청률이다. 아니, 일일 드라마라는 것을 고려하지 않아도 상당히 높은 시청률이다. 지금 한국에서 대표적인 예능 1위 프로그램은 개그콘서트이다. 아무리 무한도전 등등이 이름이 있다 하더라도 개그콘서트 시청률은 당해내지 못한다. 그런데 개그콘서트의 시청률이 17% 수준이다. 한국의 대표 예능 프로그램, 굴지의 예능 1위 프로그램의 시청률이 17% 정도이다. 그런데 오로라 공주의 시청률이 종영 가까이에서는 20%가 넘었다. 이건 엄청난 것이다.

오로라 공주는 처음 10% 정도에서 시작해서 종영시기는 20% 정도의 시청률을 유지했다. 그런데 이렇게 매일 매일의 시청률을 살펴보는 것은 처음과 끝의 시청률은 쉽게 알 수 있지만, 그 사이의 전반적인 시청률 추세를 파악하기는 좀 한계가 있다. TV 프로의 속성상 하루하루별 편차가 있다. 저녁에 국가대표 축구 경기라도 있는 날이면 시청률이 크게 떨어진다. 경쟁작이 새로 시작하거나 끝나도 시청률의 변화가 있다. 추석 연휴, 징검다리 연휴 등등의 기간일 때도 시청률에는 큰 변화가 있다. 그래서 매일 매일의 시청률을 보는 것보다, 10회나 20회 정도의 시청률 평균을 보는 것이 추세를 살펴보기에는 더 적합할 수 있다.

그러면 드라마를 10회별로 나누어 시청률 추세를 살펴보자. 1회부터 10회의 평균 시청률, 10회부터 20회까지의 평균 시청률 등으로 구분하여 처음부터 지금까지의 시청률 추세를 살펴보면 다음 그림과 같다.

[그림 2] 오로라 공주 시청률 추이 (10회 기준)

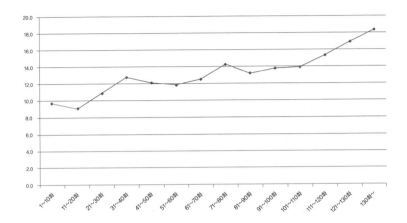

　오로라 공주의 시청률을 10회 단위로 끊어보면 아주 재미있는 사실을 발견하게 된다. 오로라 공주가 처음부터 130회까지 계속 승승 장구 해온 것처럼 보이지만, 10회 별로 시청률을 나누어보면 시청률이 오르지 않고 감소한 구간이 있다는 것을 알게 된다. 우선 11회-20회 구간에서 시청률이 감소된다. 그리고 40회에서 60회까지도 시청률 감소가 이루어진다. 그리고 80회에서 90회까지도 시청률이 감소하는 부분이다. 특히 11회에서 20회까지는 시청률이 평균 9.2% 수준이다. 오로라 공주 역대 시청률 중 최저 시청률이 바로 이때였다. 이때 가장 낮았다가 20회 때부터 다시 시청률이 오르기 시작한다.

　그런데 재미난 것은, 이때가 바로 배우들이 하차하는 시점하고 맞아떨어진다는 점이다. 오로라 공주는 계속해서 배우들이 하차하는 것으로 유명하다. 135회까지 무려 11명의 배우들이 도중에 하차했다. 처음 배우의 하차가 있었던 것은 17회이다. 17회 때 오금성의 내연녀 박주리가 하차했다. 그리고 18회 때 오대산이 하차했고, 20회 때 오로라 세 오빠의 아내 3명이 같이 하차한다. 17회 때부터 20회 때까지 4회 동안에 5명의 배우가 하차했다.

그런데 앞에 시청률에서 보았듯이, 11회에서 20회 때까지가 가장 시청률이 낮은 때였다. 시청률이 계속 낮아지는 때에 배우들의 하차가 이루어졌다. 그리고 이 배우들의 하차가 마무리된 20회 때부터 시청률이 다시 오르기 시작했다.

드라마는 그 이후 계속 상승세를 보이다가 40회-60회 때 다시 하락한다. 그리고 이때 오왕성의 하차(50회)가 있었고, 나타샤의 하차(61회)가 있었다. 그리고 나서 오로라공주의 시청률은 다시 오르기 시작한다. 이 이후 시청률은 14%까지 상승하게 되는 것이다.

오로라 공주는 150회까지 진행되는 드라마인데, 전체적으로는 계속해서 시청률이 상승세를 타고 있다. 10회 간격으로 보면 앞에서 보는 것과 같이 시청률이 감소하는 구간이 있다. 하지만 20회 간격으로 보면 시청률이 감소하는 부분이 없다. 오로라공주의 시청률은 20회 간격으로 보면 계속 증가만 하고 있다. 사실 이건 쉽지 않다. 시청률이 현상 유지를 하는 것도 아니고 계속 장기적으로 증가를 한다. 낮은 시청률에서 오르는 것도 아니고, 이미 높은 시청률에서 더 높이 올라간다. 이건 오로라 공주 드라마가 사람들이 볼만한 무언가가 있다는 것이다. 아무리 오로라 공주에 대해 욕을 하고 비판을 하고 퇴출 운동이 벌어진다 하더라도, 그래도 오로라 공주에는 무언가 사람들이 볼만한 요소가 있다는 것이다. 오로라 공주에서 배우들이 도중에 하차한 것들이 엄청난 비판을 받기는 하지만, 처음과 중간 배우들이 하차한 시기에 시청률의 반등이 있었다. 시청률을 기준으로 본다면 이런 배우들의 하차가 과연 드라마 전개에 나쁜 것만 이었을까를 생각하게 만드는 것이다.

드라마의 내용이 좋건 나쁘건, 어쨌든 오로라 공주의 시청률은 계속 높아져 왔다. 어찌되었든 오로라 공주 드라마를 보는 사람이 늘어난 것이다. 오로라 공주에는 사람들이 드라마를 계속 볼만한 무언가가 있었다는 것이다. 사람들은 왜 오로라 공주를 봤던 것인가. 그 이유들을 살펴보자.

03

막장
드라마는
다른
드라마와
무엇이
다를까

드라마 주 시청계층이 아줌마라고 보면 일단
김태희, 송혜교, 고소영은 인기가 없다.
특히 전업주부들에겐 이들이 전혀 친숙하지가 않다.
고화질 HD TV마저 굴복시키는 잘 관리된
깨끗한 얼굴에 유명 스타일리스트가 입혀주는
고가명품이 어울리는 이들이 아줌마에게는
부러움의 대상이기도 하지만 한편으로는 질투의
대상이기도 하다.

03장

막장드라마는 다른 드라마와 무엇이 다를까

ᠬᢆᠬ

주인공보다 더 튀는 조연캐릭터

오로라공주에서 조연의 비중은 막대하다. 다른 드라마보다 많은 조연이 등장 할 뿐만 아니라 이들은 기존 드라마에서는 볼 수 없었던 요샛말로 헐(?)한 황당한 캐릭터를 가지고 있다. 말 그대로 드라마에서나 나올만한 캐릭터들이 등장하고 주인공 중심의 줄거리와는 완전 관계가 없는 별개의 스토리라인을 가지고 있기까지 하다. 임작가만이 생각해 낼 수 있는 이러한 독특한 조연캐릭터와 전개 방식은 시청자에게 호기심을 불러일으킨다.

오로라공주에서 조연 중 단연 독보적으로 튀는 캐릭터를 꼽으려면 '나타샤' 라는 인물이다. 나타샤는 건장한 남성적인 외모와 언밸런스한 허리까지 오는 긴 헤어스타일만으로도 충분히 시선을 사로잡는다. 나타샤는 극중에서 동성애자로 왕여옥의 아들 박사공을 순수하게 사랑하는 역할이다. 사실 공중파에서 암묵적으로 지켜왔던 동성애에 관한 금기는 이미 SBS에서 2010년 방영된 '인생은 아름다워'라는 드라마작가계의 대모인 K작가의 작품에서 깨졌다. 이 작품에서부터 본격적으로 동성애가 드라마의 소재로 쓰이기 시작했다. 영화계에서는 동성애를 주제로 흥행은 물론 작품성까지 인정받은 영화들을 종종 찾아볼 수 있다. 이안 감독의 '브로크백 마운틴'은 평론가들에게 호평을 받았고 2006년도 아카데미 시상식에서 삼관왕을 차지했다. 왕가위 감독이 연출하고 홍콩의 대표 배우 장국영, 양조위가 주연한 '해피투게더' 또한 제50회 칸느영화제에서 최우수 감독상을 수상했다. 그런데 앞서 언급된 드라마와 영화에서 그려진 주인공 캐릭터는 오로라공주의 나타샤의 캐릭터와는 달라도 너무 다르다. 똑같이 남성간의 동성애를 다뤘지만 나타샤처럼 노골적으로 여자성향을 드러내 표현하지 않았다. 오로라공주의 나타샤는 여자보다 더 여자 같은 남자로 등장한다. 완벽한 여성스러운 말투에 요리사급의 요리 실력을 가지고 집안일을 야무지게 잘한다. 무엇보다 섬세하고 여린 감성을 남자친구에게 투정 부리 듯 표현하는 것이 나타샤가 독특한 캐릭터로 주목받는 이유이다. 남자친구의 말이라면 뭐든지 순종하고 다른 여자를 질투하기도 하는 성격으로 시청자로부터 알 수 없는 보호본능을 불러일으키기도 하고 심지어 사랑(?)스럽기 까지 하다는 평을 받았다. 처음에는 심한 거부감을 보였던 시청자들도 점차 나타샤를 재미있는 호감캐릭터로 받아들이기 시작했다. 나타샤가 남자친구에게 버림받고 떠나는 장면에서는 감정이입이 된 시청자들이 '나타샤가 불쌍하다', '부디 좋은 남자 만나길' 등의 아이러니한 반응을 나타냈다. 그만큼 나타샤의 캐릭터는 강렬했다.

오로라공주의 남주인공의 누나들로 나오는 황자매들 또한 어디서도 찾아볼 수 없는 캐릭터이다. 부모를 일찍 여읜 세자매는 부모님의 유언에 따라 어린남동생을 끔찍하게 아껴 결혼까지 포기하고 동생 뒷바라지를 한다. 동생의 말이라면 무조건 오케이. 말하지 않아도 모든 것을 척척 대령하는 극성맞은 누나들이다. 황시몽, 황미몽, 황자몽 그 이름들도 역시 독특하다.

극중 세자매 모두 아쉬울 게 없는 골드미스로 그려지고 남동생에 대한 강렬한 집착을 보인다. 밖에서는 쿨하기 그지없는 골드미스 세자매가 남동생이라면 아들에 집착하는 아줌마가 되고 오로라와 결혼한 후에는 질투에 눈이 멀어 도가 지나친 못된 시누이로 변신한다. 드라마에서 이들의 비중은 상당하다. 세자매의 극성으로 남녀주인공은 이별하기도 하고 만나기도 한다. 오로라공주의 막장을 이끌어나가는 주역들이라고 볼 수 있다. 큰누나 황시몽은 막내남동생의 엄마 뻘이다. 남동생이 프랑스 음식을 좋아한다는 이유로 고급 프랑스 식당을 운영 할 정도로 남동생을 가장 챙긴다. 그러면서도 극중 다른 남자들과 여러 번의 러브라인을 형성하기도 한다. 세자매 중 가장 독한 시누이로 남동생이 이혼하게 되는 결정적인 원인을 제공해 금쪽같은 자기 남동생이 이혼에 힘들어 할 때에도 그와는 별개로 로맨스만은 끊임이 없는 주책없는 노처녀이다. 황시몽의 이러한 캐릭터는 시청자들이 욕하며 보게 만드는 막장드라마에서의 특성에 제대로 들어맞는 캐릭터이다. 황미몽은 둘째누나로 성폭행을 당해 갖게 된 딸을 자매들도 모르게 미국에서 낳아 버리고 온 엄마의 역할을 맡았다. 미몽은 성공한 조각가로 싱글라이프를 즐기며 누구보다 발랄한 캐릭터를 가지고 있었다. 그러나 숨겨놓은 딸이 갑자기 등장함과 동시에 성격이 확 바뀐다. 절절한 모녀간의 새로운 스토리가 전개되면서 갑자기 모성애가 강한 속 깊은 아줌마로 변한다. 이는 가족드라마에서 필요한 훈훈함을 아주 약간은 보여줘 막장이 즐비 하는 드라마에서 간간히 쉼터를 제공하는 역할을 하고 있다. 마지막으로 자몽은 성공한 성악가인 셋째누나로 화려한 패션과 스타일을 가진 귀여운 밉상으로 볼거리를 제공한다.

오로라의 세오빠 역할로 나오는 오왕성, 오금성, 오수성은 비록 종영 전 모두 하차하는 굴욕을 겪었지만 감초캐릭터로 극중에서 코믹한 역할을 담당했다. 특히 세형제가 오붓하게 이야기하는 장면이 자주 등장하는데 형을 언니라 부르며 자매간을 연상시키는 남자들의 수다는 깨알 같은 재미를 주었다. 큰오빠 오왕성은 관록 있는 중년배우 박영규가 맡아 인간적이고 능글맞은 역할로 아줌마팬들의 영원한 오빠로 기대를 저버리지 않았다. 오금성은 첫 회부터 불륜에 빠지는 둘째 오빠로 시청자가 기대한대로 임작가의 새로운 막장드라마의 문을 열었다. 셋째 오빠인 오수성은 치마를 입는 독특한 의상취향을 가진 여성스러운 캐릭터로 시선을 사로잡았다. 세형제는 드라마가 종영되기도 전에 모두 극 중에서 이런저런 상황으로 사라지게 되었지만 극 중후반에 황자매의 역할이 크다면 초반에는 세형제의 역할이 시청자의 호기심과 재미를 충족시켰다.

설설희는 막장드라마에 기본적으로 등장하는 여주인공과 남주인공 사이에 삼각관계를 형성하는 역할이다. 설설희의 역할을 맡은 서하준은 오로라공주를 통해 데뷔한 신인이다. 신인임에도 불구하고 비중이 큰 역할을 맡아 임작가 드라마에서 뜬 다른 배우들처럼 데뷔한지 단지 석달만에 연일 포털싸이트에 오르내리며 큰인기를 누리고 있었다. 극중 설설희는 완벽한 왕자님이다. 금융가의 부잣집 외동아들임에도 험한일을 자청해 오로라의 매니져로 사회생활을 경험한다. 대놓고 왕자병인 남주인공보다 사회성도 좋고 털털하면서도 오로라에게는 세심한 배려를 할 줄 아는 남자 중의 남자로 등장한다. 그 뿐만이 아니다. 설설희는 오로라의 상황과는 관계없이 오로라만 바라보는 요즘 보기 드문 순정파 캐릭터다. 얼마나 완벽한가. 설설희는 어느 순간부터 남주인공의 인기를 추월했다. 드라마가 막바지에 다다른 시점에서 부터는 누가 남자주인공인지가 분간이 안 된다. 조연으로 출연해 이만한 입지를 다지게 된 것이 임작가의 초반의도에서 비롯된 것 이였는지는 알 수 가 없다. 어찌되었던 백마탄 왕자의 이미지로 주연이상의 비중을 가지게 되면서 오로라공주 여성시청자들의 로망의 대상이 되었다. 조연이 주연이 되는 독특한 전개는 자칫 매일 보는 인물들로 눈이 지루해 질수 있는 일일드라마에서 계속 드라마를 시청하게 되는 새로운 자극이 될 수 있다.

왕여옥이라는 캐릭터 또한 드라마 전개에 큰 비중을 차지하는 역할이다. 종영 전 임작가의 데쓰노트에 쓰여 진 역할 중 한명이긴 하지만 오로가공주가 진정한 막장드라마가 되는데 지대한 공헌을 한 인물이다. 왕여옥은 오로라가 태어나기 전 오로라 부친의 첩으로 오로라의 가족과 함께 살다가 유명한 의사를 만나 새로운 불륜을 저지르고 결국엔 결혼에 성공해 부잣집 마나님의 꿈을 이룬 인물로 등장한다. 왕여옥의 이름에 딱맞는 캐릭터이다. 그런데 아이러니 하게도 왕여우 왕여옥은 오로라의 엄마인 사임당을 형님으로 모시며 인간적인 관계를 유지한다. 또한 자식에게도 극진한 엄마이다. 이런 캐릭터는 불륜을 소재로 하는 다른 드라마에서는 볼 수 없다. 왕여옥은 두 번씩이나 남의 가정을 흔든 아줌마들의 절대적인 적, 천하의 나쁜여자지만 미워할 수만도 없는 인간적인 면을 가진 캐릭터다. 이러한 캐릭터는 불륜녀가 무조건적인 악녀로 표현되었던 기존 드라마의 공식을 깼다. 가히 파격적이라고 할 수 있다.

노다지 역할을 맡은 백옥담이라는 신인배우는 임작가의 친조카로 이미 출연 전부터 많은 논란의 대상이 되었다. 임작가가 쓴 드라마에만 출연하고 있는 백옥담은 오로라공주에서 황자매의 둘째 황미몽의 숨겨놓은 딸로 등장한다. 처음에는 자기를 버린 엄마를 미워하지만 결국 우여곡절 끝에 모녀관계를 회복한다. 노다지는 전체적인 드라마의 내용과 개연성이 확연이 떨어지는 인물임에도 불구하고 비중이 컸던 다른 조연들의 연이은 하차에도 드라마 종영까지 굳건히 자리를 지켰다.

김태희, 송혜교, 고소영이 오로라가 될 수 있었을까?

주연배우가 누가 되느냐는 그 드라마의 성공을 좌지우지 할 만큼 중요하다. 특히 여주인공은 드라마의 꽃이다. 남자와 여자의 할 일이 유난히도 명확하게 정해져 있었던 유교적 전통의 한국사회에서 여성의 영역인 요리, 패션, 헤어 등에서 가장 인정받는 사람은 남자인가 여자인가? 아이러니하게도 남자가 대부분이다. 두바이 칠성급 호텔에서 한 달에 3천만원 이상의 보수를 받았다는 한국의 대표요리사 에드워드 권, 우리가 잘 아는 디자이너 故앙드레김, 전국 여러 개의 체인을 가진 미용실 원장 박준, 모두 남성이다. 그런데 왜 드라마에서는 여주인공의 역할이 더 중요시 되는 것일까? 그 답은 드라마 시청계층 중 여자의 비율이 더 높기 때문이다. 특히 오로라공주는 주중 매일 오후 7시 15분에 시작하는 일일드라마다. 이 시간대 집에서 드라마를 시청하는 계층은 아줌마, 그 중에서도 전업주부의 비중이 가장 크다. 그래서 같은 여자인 드라마 속 여주인공은 감정이입의 대상으로 중요할 수밖에 없다. 그만큼 여주인공은 일일드라마에서는 절대적인 존재로 작가가 가장 캐스팅에서 가장 고심해야 할 부분이다. 그런데 깔고 들어가는 시청률을 보장하는 연기력을 어느 정도 갖춘 탑스타급의 여배우가 일일드라마에 출현하는 예는 좀처럼 찾아볼 수 없다. 이들은 수요일이나 목요일, 혹은 주말이 되어야 볼 수 있다. 왜 그럴까? 왜 김태희, 송혜교, 고소영은 오로라공주의 주인공인 오로라가 아닌 걸까?

주 시청계층이 아줌마라고 보면 일단 김태희, 송혜교, 고소영은 인기가 없다. 특히 전업주부들에겐 이들이 전혀 친숙하지가 않다. 고화질 HD TV마저 굴복시키는 잘 관리된 깨끗한 얼굴에 유명 스타일리스트가 입혀주는 고가명품이 어울리는 이들이 아줌마에게는 부러움의 대상이기도 하지만 한편으로는 질투의 대상이기도 하다. 안 그래도 자신은 밥하면서 편한 차림으로 드라마를 보고 있는데 이들은 너무나 화려하다. 너무 곱기 때문에 곱게 보일 리가 없다. 일일드라마 시청계층은 좀 더 자신들의 상황과 비슷한 편안한 이미지의 배우를 원한다. 말 그대로 편안하게 보기위해.

대부분의 작가들이 선호하는 배우가 있는 것을 보면 점찍어둔 배우의 이미지에 맞춰 극본을 쓰는 경우도 있다. 특히 등장만으로도 드라마의 시청률이 어느 정도 안정적으로 보장이 되는 톱스타급, 소위 명품여배우로 불리는 연기자의 경우 캐스팅에서 진정한 '갑' 은 제작진이나 작가가 아닌 여배우가 될 수밖에 없는 구조이기 때문에 이미지를 고려해 줄 수밖에 없다. 출연요청이 쇄도하는 인기 있는 여배우들이 망가지는 역 흔쾌히 하고 싶겠는가? 그러니 임작가하면 떠오르는 막장드라마에 고급스러운 이미지의 김태희, 송혜교, 고소영이 캐스팅에 응할 가능성은 없어 보인다. 이미지를 먹고 사는 명품여배우가 캐릭터가 어찌되었던 간에 어떻게 '막장' 이 붙은 작가의 드라마에 출현하겠는가? 막장드라마를 찍었다면 적어도 한동안은 럭셔리한 화장품 CF가 어울릴 리 없고 우아한 커피CF의 이미지와 맞을 리가 없다. 생각해 보라. 극중에서 오로라가 욕을 하는 장면도 있고 머리가 쥐어뜯기는 장면, 옆차기를 날리는 장면 등 망가지는 장면이 줄줄 인데 김태희, 송혜교, 고소영이 그런 걸 흔쾌히 하겠는가? 다행히 출현한 막장드라마가 뜨면 이슈가 되고 인기는 좀 얻을 수 있겠지만 사실 그녀들은 그럴 필요가 없는 이미 톱스타이다. 오히려 망가지고 잠시 이슈가 되는 것보다 쌓아온 고급스러운 이미지가 주는 가치가 훨씬 크다. 그 이미지로 먹고산다. 몇몇의 유명 탑스타 여배우 중에는 딱히 드라마나 영화에 출현하지 않아도 이미 가지고 있는 이미지로 CF스타로 활동하면서 크게 힘들일 필요 없이 유명세와 인기, 경제적 수입을 아주 잘 유지하고 있다.

임작가의 입장에서도 김태희, 송혜교, 고소영을 캐스팅할 이유가 없어 보인다. 임작가의 스토리 전개방향은 출연진은 물론 제작자도 모르는 것으로 유명하다. 예고 없는 도중하차도 임작가의 작품세계에서는 그다지 이상한 일이 아니다. 극중 캐릭터도 훈훈에서 찌질로 순식간에 바뀌기도 한다. 엄청난 비난이 쏟아져도 임작가는 참 한 같이 본인의 스타일을 고집한다.

예전에 개그콘서트에 '최종병기그녀' 라는 코너가 있었다. 감독이 탑스타 여배우로 설정된 개그우먼이 연기를 하다가 갑자기 멈춘다. 작은 아령을 드는 신이었는데 "나 저런거 못 들어요. 이런 거들려면 나 여기 안 왔지. 난 톱스타에요. 난 이런거 못해"라고 촬영을 거부한다. 이어서 준비하고 있던 여주인공 대역배우역의 개그우먼이 등장해 남자도 들기 힘들어 보이는 무거운 바벨을 힘차게 들어 올려 시청자의 웃음을 터뜨렸다. 이 코너는 SA급 한 여배우가 촬영장에서 무례한 행동과 촬영거부로 제작진과 마찰을 빚어 시끄러웠던 사건을 풍자했다. 적어도 최소한의 대우와 비위를 맞춰야만 하는 잘나가는 여배우의 눈치를 다른 사람도 아닌 임작가가 살피고 싶을 리가 없다.

임작가는 무명여배우를 스타급으로 만들어 놓는 스타제조기로도 유명하다. 인지도가 없는 여배우를 캐스팅해 독특한 캐릭터와 드라마 인기빨로 2002년도 MBC 연기대상 수상자로 만들어낸 대표적인 케이스가 임작가의 히트작 '인어아가씨' 의 여주인공 장서희다. 장서희는 20년간 방송생활을 하면서 계속 단역, 조연만 맡아 오랜 기간 동안 무명의 설움을 겪었다. 그런데 이 드라마 한편으로 '자고 일어나보니 스타가 되었더라' 라는 말이 딱 들어맞는 연기대상까지 거머쥔 모두가 아는 여배우가 되었다. 장서희 뿐만 인가. 〈하늘이시여〉의 윤정희, 〈왕꽃선녀님〉의 이다해도 임작가의 드라마를 통해 단숨에 톱스타 반열에 올라서게 되었다. 임작가의 대표적인 신데렐라 들이다. 임작가는 왜 어느 정도의 위험부담을 감수하고 무명 혹은 신인여배우를 캐스팅하는 걸까?

오로라공주의 여주인공인 오로라역은 전소민이라는 여배우가 맡았다. 대부분 전소민이라는 배우를 오로라공주에 캐스팅된 신인여배우로 알고 있다. 시청자 입장에서는 신인이 하기 에는 어려운 오로라 캐릭터를 잘 소화해 낸다 했을 것이다. 그런데 전소민은 신인이 아닌 데뷔 8년차의 나름 관록 있는(?) 연기자다. 오랜 시간 무명의 시절을 거치면서 갖은 설움을 겪었을 연기자들에게 단번에 일일드라마의 여주인공으로 캐스팅 된다는 것은 배우의 입장에서 절대로 놓쳐서는 안 될 기회이다 더구나 히트제조기 임작가의 드라마의 여주인공이라니 혼신의 힘을 기울여 연기할 수 밖에. 장서희, 윤정희, 이다해처럼 오로라공주의 전소민도 마찬가지이다. 쌓아놓은 연기력과 헝그리 정신으로 극 중 캐릭터인 오로라에 철저히 몰입 했다.

임작가 또한 이러한 무명여배우를 주인공으로 발탁함으로 작가와 주연배우의 관계에서 절대 '갑' 이 된다. 본인의 독특한 작품세계를 펼치는데 있어 배우의 눈치는 전혀 보지 않고 거침없이 막장극본을 써내려 갈 수 있다. 예상대로 오롯이 임성한의 극본대로 오로라에 전력 집중한 전소민은 연기력을 발휘, '핫' 한 배우가 되었다. 요새 전소민을 모르는 사람이 있을까? 꼭 드라마를 보지 않더라도 연일 올라오는 오로라공주 디스기사에는 여주인공 전소민의 사진이 등장한다. 드라마가 어떤지는 몰라도 전소민의 얼굴은 확실히 알려진 게 분명하다.

극중 오로라는 주변에서 쉽게 볼 수 없는 캐릭터이다. 극 중에서
오로라는 재벌집 막내 고명딸로 부모형제는 물론 주위사람이 오로라
의 말이라면 죽는시늉을 할 정도로 사랑을 독차지하는 공주도 그런
공주가 없다. 지금까지 수많은 드라마에 공주는 많았는데 오로라 같
은 절대공주는 없었던 것 같다. 그런데 오로라는 공주하면 떠오르는
자기중심적이고 세상물정을 모르는 맹하기만 한 캐릭터가 아니다.
논리정연하고 합리적인 똑부러짐을 가지고 있다. 개인몸종까지 있는
귀하신 몸이지만 일부러 싸구려 옷을 입고 선자리에 나가 사람의 됨
됨이를 제대로 파악하기도 하고 바람이 나 이혼을 굳게 결심한 극 중
둘째 오빠의 가정을 지키기 위해 야무진 말발로 오빠의 마음을 돌려
놓고 불륜녀의 집에 찾아가 머리채를 쥐어뜯는 망가짐도 서슴지 않
는다. 그것도 막무가내가 아니라 조목조목 순리를 밟아가며 집안의
해결사 역할을 톡톡히 해낸다. 게다가 무조건 자존심만 센 공주도 아
니다. 공주하면 왕자가 공주를 얻기 위한 노력을 하는 게 일반적인
그림이다. 그런데 오로라는 자기가 좋아하는 남자에게 적극적이다.
무작정 집에 찾아가 정보를 캐내는 것에서 부터 운동하는 시간에 맞
춰 따라 나가기도 하고 데려다주고 데리러오는 보통은 남자가하는
운전기사역할도 한다. 그렇다고 자존심을 버린 것도 아니다. 자존심
을 버린다는 건 체면상 하기 꺼려지는 일을 원하는 것을 얻기 위해
싫어도 하는 건데 오로라는 다르다. 좋아하는 남자를 얻기 위한 당연

한 노력으로 생각하고 그걸 즐기는 캐릭터이다. 우리가 공주하면 친숙히 떠올리는 신데렐라, 백설공주와는 전혀 딴판이다. 공주는 분명 공주인데 떠받들어 주는 것에 익숙해 손 놓고 있는 수동적인 공주가 아니라 따박따박 할 말 다하며 자기인생은 자기가 개척하는 상반되는 억척 똑순이 캐릭터도 가지고 있다. 그래서 제목이 수많은 공주 중 우리에게 익숙하지 않은 '오로라' 공주다.

오로라는 극중에서 망가지는 역도 마다하지 않고 엄청나게 많은 대사를 소화하며 기존 드라마에서 보기 힘든 새로운 캐릭터를 가지고 있다. 그래서 임작가는 유명배우가 가지는 고유한 이미지를 완전 배제하고 파격적인 연기를 할 수 있는 그리고 어쩌면 더 중요한 요소로 '임작가월드' 를 마음껏 펼칠 수 있는 무명의 여배우를 여주인공으로 캐스팅하는 것이 아닐까.

오로라공주에서는 모두가 다 주인공? -인물마다 각각 개연성이 떨어지는 개별 스토리전개

드라마가 꼭 주연배우를 둘러싼 내용으로만 계속되란 법은 없다. 주인공이 아닌 주변사람들 간에 벌어지는 스토리도 시청자들에게 또 다른 흥미 있는 볼거리를 제공한다. 보통 이런 스토리들은 드라마 주 내용과 어느 정도 연관성을 가지고 주인공에게 영향을 주기도 하고 극 전체의 흐름에 어울리게 전개된다. 그런데 주인공 보다 더 튀는 조연 캐릭터가 많이 등장하거나 주변 스토리가 너무 비중 있게 전개되면 극 전체의 내용이 묻히면서 이도저도 아닌 내용 없는 드라마가 된다.

오로라공주는 개연성 없는 뜬금없는 스토리설정이 유난히 많이 나와 많은 시청자들의 많은 비난이 쏟아졌다. 뭐라도 연관이 되면 좋으련만 전후설명 없는 황당 전개가 자주 나왔다.

예를 들면 극 중 왕여옥과 황시몽의 삼각관계가 그렇다. 왕여옥은 딸이 출연하게 된 드라마 감독인 윤해기에게 관심을 갖는다. 그런데 황시몽도 동생이 같은 드라마에서 조연출을 맡으면서 알게 된 윤해기를 향해 마음을 품게 되면서 왕여옥과 황시몽이 윤해기를 두고 삼각관계를 펼친다. 극 중 윤해기는 치졸하고 먹을 걸 엄청 밝히는 찌질한 캐릭터로 나온다. 전처와 이혼한 이유도 먹을 거를 너무 밝혀서 헤어졌다. 이 보잘 것 없는 이혼남을 두고 두 여자가 소위 작업을 하는 장면은 극 전개와 전혀 관계가 없다. 관계가 없는 게 아니라 너무 뜬금없는 전개로 시청자들을 실소하게 만들었다. 극 중 주인공 황마마의 둘째 누나 황미몽도 미국에서 가족도 모르게 낳아 버리고 온 딸이 갑자기 나타나면서 완전히 다른 삶을 살게 된다. 여기서 나오는 황미몽의 숨겨놓은 딸 노다지와 황미몽 간의 스토리는 극 중에서 꽤 많은 부분을 차지하는데 꼭 다른 한편의 단막극을 극 중에 끼어 넣은 것 같은 느낌이 든다.

또 왕여옥의 큰아들 박사공의 동성애인인 나타샤의 등장도 극 전체와는 큰 연관이 없다. 그런데 나타샤의 캐릭터가 워낙 강렬해 나타샤를 두고 벌어지는 사건들이 그 회 주인공 사이의 일들보다 더 이슈가 되었다. 그러다가 나타샤는 극 중반에 홀연히 사라지고 한동안 드라마에서 볼 수 없게 된다. 더 황당한 건 나타샤가 후반부에 다시 등장하게 된다는 거다. 누리꾼들 사이에는 임작가가 나타샤역의 송원근을 맘에 들어 해 급 다시 출연하게 되었다는 풍문도 돌았다. 더군다나 나타샤의 재등장은 화려했다. 박사공만을 바라보며 지극히 헌신적인 천상 여자(?)였던 나타샤가 남자가 되어 돌아온다. 그것도 아주 훈남의 모습으로. 그러면서 박사공에게 이제는 남자가 아닌 여자가 좋아졌다고 말해 시청자들을 일대 혼란 속으로 빠트렸다. 오히려 오로라가 등장하는 장면보다 나타샤가 등장하는 장면을 기다린다는 시청자들도 늘어났다. 남자가 되어 돌아온 나타샤는 극 후반부에서 황마마의 셋째누나와 사랑에 빠지게 된다.

나타샤의 전 연인 박사공도 뜬금없게 황미몽의 딸 노다지와 사랑에 빠져 결혼하게 된다. 이들의 정체성은 과연 무엇이었을까? 이런 장난 같은 설정은 우리사회에서 사회적 약자로 받아들여지고 있는 성소수자들을 정체성도 없이 마음 가는 데로 이랬다 저랬다 하는 사람들로 표현해 논란을 샀다.

노다지를 중심으로 극 전체의 내용과는 별 개연성이 없는 스토리도 꽤 비중 있게 전개된다. 역시 팔은 안으로 굽고 피는 물보다 진한 것인가? 노다지는 임작가의 친조카인 백옥담이 맡은 역할로 개인의 캐릭터 보다 극 중 설정으로 관심을 받았다. 노다지는 홀몸이 아니라 임신한 상태로 아기를 낳을 때까지만 자신을 버린 엄마 황미몽의 집에 머무르기로 결심하고 갑자기 미몽의집으로 찾아간다. 자기를 버린 엄마에 대한 원망으로 가득 차 있고 딸인 자신보다 삼촌을 더 챙기는 것 같은 엄마의 태도에 질투를 느끼기도 한다. 그러다 갑자기 유산을 하게 되고 모든 것을 묻어두기로 하고 홀연히 집을 떠난다. 결국엔 나중에 엄마를 다시 만나 화해하게 되고 나타샤의 전연인 박사공과 결혼하게 되어 안정적인 삶을 살게 된다. 노다지가 나오는 부분들은 마치 다른 드라마 한편을 가져다가 편집해 붙여놓은 것 같은 느낌인데 극 후반까지 계속해서 이어졌다.

그 뿐만이 아니다. 극 후반부에는 트로트가수 설운도가 등장한다. 그것도 지금까지 극 중 드라마를 찍는 장면에서 전혀 부각되지 않았던 카메라 감독으로 나온다. 설운도의 등장은 그 자체만으로도 큰 사건이다. 가수나 개그맨이 드라마에 까메오로 잠시 등장하는 경우는 종종 있지만 설운도는 황시몽이 새로 관심을 가진 인물로 수회에 걸쳐 극 중 백도라는 배역을 맡아 연기했다. 게다가 백도는 이미 황시몽이 추파를 던진 바 있는 윤해기의 친구이다. 백도는 드라마 마지막까지 등장하면서 황시몽이 아닌 마마의 둘째누나 황미몽을 좋아하게 되고 새로운 러브라인을 형성한다.

또 설설희의 부모로 등장하는 설국과 안나 부부의 스토리도 종종 나온다. 주역배우 중 하나인 설설희가 등장하니 그 부모가 등장하는 건 이상한 일이 아니다. 그런데 부부간의 금술을 표현하는 장면이 필요이상으로 자주 나와 극의 흐름을 한번 씩 끊는다. 이들이 오로라의 시부모가 될 수도 있는 상황이니 오로라가 겪었던 시집살이는 없을 것이라는 암시를 주기 위함이라고 해도 너무 자주 그것도 뜬금없이 나오곤 해서 오히려 극에 몰입도를 떨어트렸다.

또 극 중에서 설설희는 자기가 사랑했던 오로라와 황마마가 결국 결혼하자 실연의 아픔을 품고 영영 안돌아 올 것처럼 쓸쓸히 스위스로 떠난다. 시청자들은 이미 황당하게 하차한 여러 명의 배우처럼 이대로 또 한명이 하차하게 되는구나라고 생각을 잠깐 했을까. 그것도 잠시 다음 회차에 바로 설설희가 스위스에서 돌아온 설정으로 다시 드라마에 다시 나타난다. 더구나 실연의 아픔을 잊기 위해 떠났다면 대부분 마음을 정리하고 돌아오는데 설설희의 오로라를 향한 마음에는 변함이 없다. 이럴 꺼면 왜 멀리 스위스까지 보내는 설정을 했던 것일까? 시청자들의 인기에 힘입어 다시 등장하게 된 건지 기획된 의도였는지는 알 수는 없지만 초반에는 별다른 비중이 없었던 설설희는 돌아온 후부터 남자 주인공인 황마마 이상으로 큰 역할을 하고 있다. 극 후반부부터는 원래 남자주인공이 설설희가 아니었을까라는 생각이 들 정도이다.

다양한 조연캐릭터가 비중 있게 등장하고 이들에 대한 내용이 전개되는 만큼 주인공들의 스토리는 일정한 방송분량 안에서 줄어들 수밖에 없다. 드라마에서 개성 있는 조연들이 펼치는 스토리는 극이 지루해지지 않도록 꼭 필요한 감초 같은 역할을 하기도 한다. 그런데 이렇게 주내용, 주인공보다 더 튀는 스토리를 가지고 조연의 역할이 지나치게 되면 드라마의 전체적인 흐름을 방해 하게 된다. 또 내용이 개연성 없이 중간중간 끊기면서 시청자들에게 혼란을 가져다주기도 한다. 오로라공주는 후반부로 갈수록 주인공 중심의 내용 전개보다는 조연들의 이야기가 주를 이루고 있다. 오로라와 황마마, 설설희 간의 관계는 점점 분량도 줄어들고 식상해져 가는 반면에 조연들을 중심으로 한 스토리들은 날로 늘어가며 새로움을 더했다.

150회 종영 예정인 드라마에 130회가 넘어서 극 중 은단표라는 새로운 캐릭터도 등장하면서 은단표를 중심으로 한 또 다른 스토리도 예고되었다. 정도가 지나치니 이래서야 주인공들의 결말이 정해진 회차 만에 끝날 수 있겠는가라는 염려를 불러일으켰다.

드라마에 등장하는 모든 인물들을 주역화 시키고 있는 임작가의 독특한 스토리 전개는 도무지 그 방향을 종잡을 수 없었다. 더욱이 11명의 기존 주역배우들을 하차시키고 특정 캐릭터의 비중을 무리하게 늘리거나 극 후반부에 새로운 캐릭터까지 등장하는 상황은 이해하기가 어렵다. 오로라공주는 드라마 〈사랑과 전쟁〉과 같은 단막극이 아니지 않는가? 단막극에서야 매번 주인공이 바뀌고 스토리도 바뀌면서 매회 다른 내용으로 이어진다. 그런데 오로라공주는 주인공을 중심으로 그 가족들 간에 펼쳐지는 스토리가 주제가 있는 일일 '연속극'이다. 삼천포로 빠지는 것도 가끔이어야 신선하고 재미있다. 또 길을 잃었다가도 다시 찾아야 목적지에 도착할 수 있는 거다. 계속 길을 잃고 있는 오로라 공주는 결국 비정상적인 방법으로 목적지에 도착할 가능성을 극 초반부터 충분히 내포하고 있었다.

대본의 참신성? 과감성? 막말?

오로라공주에서는 공영방송 드라마에서 평범한 작가의 극본에서는 나올 수 없는 대사들이 족족 등장한다. 최근 종편방송 드라마에서야 막장 대사와 더불어 애교석인 욕설을 쉽게 들을 수 있지만 오로라 공주는 '만나면 좋은 친구~ MBC 문화방송~'의 일일 드라마가 아닌가? 아무리 임작가임을 감안 하더라도 잊을 만 하면 한번 씩 심히 거슬리는 막장대사가 등장해 시청자들의 귀를 불편하게 한다.

15세 이상 관람가임을 무색하게 하는 대사가 드라마가 시작하자마자 터진다. 불륜녀에 쏙 빠진 오금성이 극중 부인인 이강숙에게 이혼을 요구하자 이강숙은 알몸을 가린 가운을 벗어 제치며 분노를 터뜨린다. "뭐가 부족해 내가! 호강에 겨워서 뭐에 빠진다고... 마흔 셋에 이 정도 유지하는 여자 봤어? 누구는 주물러 터트려서 귀찮아 죽겠대. 뭐가 그리 잘났는데? 나니까 살아줬어. 토끼 주제에..." 다시 확인하지만 오로라공주는 분명 15세 이상 관람가가 맞다. 중학생이상은 시청해도 되는 드라마란 의미이다. 그런데 이 대사는 누가 봐도 19금, 그것도 수위가 높은 대사이다. 임작가와 제작진이 청소년들은 저런 말을 해도 못 알아들을 꺼라 순진한 생각을 한 걸까? 여기서 받아치는 오금성의 대사는 더 가관이다. "식어 빠진 사발면을 그럼 1,2분이면 해치우지 2,30분에 먹냐?..." 19금 영화에서나 나올 법한 대사들이 극 초반부터 등장하면서 시청자들을 낯 뜨겁게 했다. 이러한 노골적인 대사와 막장 전개는 방송통신심의위원회에서 징계 및 경고 조치를 받았고 오로라공주 제작진은 사과문을 방송했다. 사과문에는 방송통신심의위원회의 제재조치 결정에 따른 방송통신위원회 결정사항 고지방송임을 알리며 "MBC는 지난 2013년 6월 13일 등에 방송된 '오로라공주' 프로그램에서 불륜과 이로 인한 가족 간의 갈등을 주된 내용으로 방송하면서 부부관계와 관련된 노골적인 대화, 저속한 표현 및 비속어 사용, 위장 임신 등 비윤리적인 내용을 청소년 시청보호시간대에 방송한 사실이 있다"라고 인정하는 내용과 "이는 방송심의에 관한 규정 제 25조(윤리성) 제 1항, 제 35조(성표현) 제 1항, 제 44조(수용수준) 제 2항, 제 51조(방송언어) 제 3항을 위반한 것으로 방송통신심의위원회의 제재조치 결정에 따라 방송통신위원회로부터 해당 방송 프로그램의 관계자에 대한 징계 및 경고 조치를 받았다"고 밝혔다. 이어 "이러한 제재조치 내용을 알려드리며 저희 문화방송은 이를 계기로 방송심의에 관한 규정 등 관련 법규를 준수하고 보다 좋은 프로그램을 방송하도록 최선의 노력을 다하겠다"며

반성의 기미를 보이는 듯 했다. 그런데 오로라공주의 막말 대사는 사과문 방송이 무색하게 그 이후에도 갖가지 방법으로 쏟아졌다. 임작가는 방송통신심의위원회의 경고에도 굴하지 않는 진정한 막장드라마계의 잔다르크임이 분명하다.

막장드라마에 어울리는 막말 대사는 19금 대사 뿐 만이 아니었다. 오로라공주에서는 대사 내용 자체 뿐 만 아니라 신선한(?) 대사처리 방법에서도 임작가월드에서만 가능한 독특한 방법을 시도했다. 말풍선을 띄우고 모음과 자음만을 이용한 방법, 삐~처리 등 일반적인 드라마에서는 볼 수 없었던 새로운 대사 전달방법을 개발한 개척자라 평할 수 있겠다.

먼저 수영장에서 오로라와 황마마의 둘째누나가 한판 벌이는 장면에서 오로라는 "왜 알려주는데 지롤이야"라는 교묘하게 모음을 바꾼 대사로 지상파 방송에서는 금지된 비속어를 처리했다. 여러 가지 창의적인(?) 처리를 거친 비속어의 등장은 거기서 끝나는 것이 아니다. 오로라와 황마마의 미묘한 신경전이 벌어지는 상황에서 오로라가 황마마에게 하는 비속어 대사가 이번에는 말풍선으로 처리 돼서 자막으로 등장한다. 오로라는 질투심을 불러일으키려는 황마마를 보며 "ㅈㄹ을 떨어요", "놀구들 ㅈㅃㅈ어", "ㅈㄹ 이 풍년이네" 라는 말풍선을 떠올린다. '지롤'과 말풍선 속 자음에 해당되는 말은 초등학생들도 단번에 맞출 수 있는 욕설이다. 지상파 방송에서는 아마 최초로 나온 단어, 엄밀히 말하면 단어의 창의적인 표현이 아닐 까 싶다.

오로라공주에서는 여성을 비하 하는 대사도 자주 등장한다. 오로라의 세오빠가 수다를 떠는 장면에서 오수성은 "팔자 좋은 삐~ 알아? 어릴 때는 잘 먹고 잘 싸는 삐~ , 10대 때는 얼굴이 예쁘고 공부 잘하는 삐~ , 20대 때는 바람 실컷 피고 시집만 잘 가는 삐~ ..60대 때는 남편이 로또 1등 당첨해놓고 하루 만에 죽어 유산 받는 삐~ "라고 하며 낄낄댄다. 이에 모자라 "여자들은 남자들 뒤에서 다 이런 이야기 한다"며 모든 여자를 속물 취급하는 듯 한 말을 던진다. 극 중 여성을 비하하는 용어는 '삐~' 처리 되어 앞서 다른 비속어들처럼 영리하게(?) 처리되었다. 모든 연령의 여성을 노골적으로 비하하는 대사를 그것도 여성이 주 시청계층인 일일드라마에 쓰다니 임작가는 대놓고 모든 여성들의 공공의 적이 되기로 작정한 것 처럼 보인다. 여기서 그치지 않고 여성의 외모에 대해서도 비하하는 대사가 등장한다. 극 중 노다지와 박사공이 결혼해 함을 지고 가는 장면에서 함을 진 친구들이 집문 앞에서 안 들어가고 버티자 노다지의 친구들이 가면을 쓰고 갑자기 크레용팝의 '빠빠빠'를 흉내 낸다. 빠빠빠를 보고 흥에 겨웠던 친구들은 이들이 가면을 벗자 대놓고 실망하는 기색을 보이면서 "이건 아니잖아, 그냥 다시 고개 숙이고 있자", "우리가 여기 정화하러 왔지, 버리려 왔어?" 등의 대사를 쏟아낸다. 여성의 외모를 노골적으로 비하하는 말을 아무렇지 않게 표현했다. 또한 다른 장면에서는 "대추씨처럼 생겨가지고", "호박처럼 생긴 것보다 나아"라는 대사도 등장한다. 이런 대사들은 여성들에게 충분히 불쾌감을 줄 수 있는 대사인데도 불구하고 임작가의 대본에서는 거침이 없다. 그러나 여기까지는 약과다. 오로라와 황마마가 결혼 한 후 오로라에게 제사상을 차리라고 한 황시몽은 처음 차려보는 제사상 차리기에 무리한 탓에 유산한 오로라를 보며 욕을 한다. 황마마가 있는 데서는 오로라를 위로하는 척 했지만 뒤돌아서서 "애 하나 못 품고 흘리는 그런 등신이 다 있냐. 옛날 여자들은 제사 열두 번씩 지내고도 애만 잘 낳았다. 똑똑한 척은 혼자 다 하면서 병신같이 애 가진 것도 몰랐다"며 막말을 퍼붓는다. 결국 독한 시집살이로 황마마와 오로라가 이혼하게 되자 황시몽은 "이제 얼굴로 벌어먹어야 겠네. 늙고 인기 떨어져 봐야 뜨거운 눈물을 흘리지. 화무십일홍이라고 서른 넘으면 누가 거들떠 봐"라는 막말을 뱉었다. 전연령대의 대상의 여성을 싸잡아 비하하고 외모와 나이까지 들먹이며 도를 지나치게 여성을 까내리는 대사가 자주 등장하였다.

임작가는 배우에게 하고 싶었던 말도 대사를 통해 전달한다. 극 중 박지영이 시누이가 될 노다지에게 막말을 퍼붓자 박사공은 "혼자 스타병 걸려서는. 환자들 대하다 보니까 이제 얼굴만 봐도 성품 파악된다. 대개 위로 올라갈수록 겸손하고 고개 숙인다. 부장검사 차장검사보다 밑에 평검사들이 목에 더 힘준다. 겨우 미니시리즈 하나 해 놓고는.."라는 의미심장한 대사를 던진다.

임작가는 배우 뿐 만 아니라 오로라공주와 동시간대 경쟁드라마를 대사를 통해 간접적으로 비방하는 대담함을 보였다. 극 중 분장 팀장이 오로라의 메이크업을 해주며 자신이 요즘 즐겨보는 일일극을 설명하는 장면에서 "여주인공 아빠가 재혼했는데, 그게 친구 딸이다. 가슴 따뜻하고 절절하지? 보고 있으면 눈물 나"라며 "남자주인공은 산전수전 다 겪었다. 아빠는 교도소 드나드는 잡범인데 첫사랑과 다시 만났다. 첫사랑은 간호사고, 의사남편이 죽고 첫사랑 남자와 재혼한다"라고 설명했다. 이 줄거리는 동시간대 SBS 방영되고 있는 〈못난이 주의보〉의 내용이다. 이어 "보다 보면 눈물 나고 영혼이 저절로 힐링 된다. 조금 있으면 남자 주인공 출생의 비밀도 나오겠더라", "형제간 삼각관계, 기자들도 가슴 따뜻해지는 착한 드라마라고 난리다. 그런 명품 드라마를 봐야 된다. 막장 보지 말고"라고 해 못난이 주의보의 시청자들을 자극하기도 했다.

많은 대사가 논란의 중심이 되었지만 아무래도 가장 빛나는 대사는 혈액암 4기로 판정받은 극 중 설설희가 암세포에게 대한 애정 표현이 아닐까 싶다. 혈액암 판정으로 죽어가는 설설희에게 치료를 권하자 "치료 안 받을 거다. 암세포도 생명인데 내가 죽으려고 생각하면 그걸 암세포도 알 것 같다. 내가 잘못 생활해 생긴 암세포인데 죽이는 건 아니다"라고 말해 시청자들의 어이를 안드로메다로 보내버렸다.

뿐만 아니라 '우리나라 사람들은 참 남 얘기하는 거 좋아한다. 그런 시간에 자기 내면을 돌아보는 시간이나 가지지 왜 자꾸 다른 사람 일에 떠드는지 모르겠다'라는 대사로 오로라공주를 비판하는 사람들이 마치 한심하다는 듯 한 뉘앙스를 전달했다. 이런 대담한 면에서 임작가를 따라올 사람은 아무도 없는 것 같다.

대본이 데쓰노트인 드라마

인터넷에서 오로라 공주를 검색해보면 연관 검색어로 데쓰 노트가 뜬다. 데쓰노트는 몇 년 전 이슈가 된 만화이자 애니메이션, 영화인 '데쓰 노트 death note' 이다. 데쓰 노트의 원작은 일본의 만화이다. 일본에서만이 아니라 한국, 중국, 유럽에서도 히트를 쳐서 전세계적으로 베스트셀러가 되었던 만화이다. 이런 원작 만화의 인기에 힘입어 애니메이션으로도 만들어졌고, 실사 영화로도 만들어졌다. 2006년도에는 데쓰노트 1편이 영화로 제작되었고, 이어서 2008년도에 2편까지 나와 흥행에 성공한 판타지 공포물이다. 그이후 데쓰 노트는 지금까지 각종 패러디물을 만들어내고 있다.

제목에서 짐작 할 수 있는 것처럼 데쓰 노트는 죽음의 노트이다. 그런데 왜 임작가의 오로라공주 대본과 데쓰노트가 왜 연관검색어로 올라 오고 있는 걸까? 데쓰노트의 줄거리를 요약하면 대략 이런 내용이다. 사회 정의를 실현하고자 하는 천재 주인공 라이토는 어느 날 저승사자가 지상에 흘린 데쓰 노트를 줍게 된다. 데쓰 노트는 노트에 이름을 적으면 그 사람이 죽는 노트이다. 주인공은 이 노트 사용설명서에 반신반의하면서 뉴스에 나온 유괴범의 이름을 노트에 적는다. 그러자 유괴범이 실제로 죽게 된다. 데쓰노트의 효용을 알게된 라이토는 데쓰노트를 통해 지구상의 모든 범죄자들을 척결하고자 시도한다.

데쓰노트가 기본적으로 판타지지 만화를 원작으로 한 것이니 황당한 설정이긴 하지만 그렇다고 전개가 억지스럽지 만은 않다. 데쓰노트는 막무가내로 이름만 적으면 죽는 허접한 노트가 아니다. 동명이인이 죽지 않도록 꽤 정교하게 만들어져있는 물건으로 라이토는 데쓰노트의 힘을 빌어 범죄자들을 심판해 나간다. 하지만 원인모를 갑작스러운 죽음이 계속되자 이를 수사하기 위해 또다른 천재 탐정인 L이 등장하면서 라이토와 그를 잡으려는 L간에 치열한 두뇌싸움을 벌인다. 이 라이토와 탐정 L의 대결이 이 만화의 주된 이야기이다. 그리고 그 배경으로 데쓰노트에 의해서 계속 죽어나가는 조연들이 있다. 데쓰 노트는 계속 사람이 죽어나가는 것을 그 내용으로 하는거다. 심지어 주된 주인공중 한명인 탐정 L까지 죽는다.

오로라공주에서는 총 11명의 연기자가 종영 전 하차했다. 그것도 거의 극 중 내용과는 상관없이 여러 가지 방법으로 하나 둘씩 안보이기 시작하더니 급기야 하차인원이 11명까지 되기에 이르렀다. 시청자들은 임작가의 극본을 데쓰노트라고 부르며 연이은 배역들의 하차에 황당함을 드러냈다. 시청자가 직접 오로라공주의 인물관계도에서 하차한 인물을 X처리해 놓은 데쓰노트를 만들어 공개하는 등 논란이 끊이지 않고 있다. 이미 하차한 배우들과의 인터뷰에서 당사자들도 당황스러워 했다는 사실이 알려지자 그 파문은 커져만 갔다. 그 얘기는 즉 미리 정해진 게 아니라 그때그때 나오는 임작가의 극본에 따라 갑작스럽게 하차가 정해졌다는 걸 의미한다. 다음 회차 극본에 배역이 없으면 임작가의 데스노트에 적힌 인물이 되는 것이다.

다른 드라마에서 종영 전 한 두명의 캐릭터가 하차 하는 경우가 더러 있다. 그런데 그런 경우 보통 사전에 정해진 분량을 마쳤거나 내용의 전개상 필요에 의해 시청자가 무리 없이 받아들일 수 있는 수준에서 이루어진다. 그런데 오로라공주에서는 일단 하차 인원이 너무 많다. 총 11명이 하차 했는데 극 중에서 하차 한 방법도 다양하다. 교통사고로 1명, 외국추방 7명, 국내행방불망 1명, 유체이탈 사망 1명, 눈감고 음악듣다가 1명이 사망해 하차 했다.

가장 먼저 하차한 인물은 손창민의 불륜녀로 극 중에서 손창민을 사랑하다 손창민이 이혼 할 수 없다고 말한 뒤 홀연히 파리도 떠나버린 설정의 신주아이다. 불륜으로 시작한 오로라 공주의 극 초반에는 꽤 큰 비중으로 나왔는데 어느 날 갑자기 파리로 떠나버린 후 더이상 오로라공주에서 볼 수 없게 되었다. 두 번째는 3명이 동시에 대거 하차했다. 오로라의 세오빠의 부인으로 출현했던 이상숙, 이아현, 이현경이 집이 망하면서 서류상의 이혼을 하고 자식들이 있는 미국으로 떠나는 설정으로 국외추방 되었다. 세 번째로는 오로라의 아버지 오대산이 갑작스러운 교통사고로 사망한다. 국외추방 된 4명의 비중은 극 전체 내용 상 큰 비중을 차지하지 않으니 그렇다 치자. 그리고 이어 집의 가장이면서 오로라를 끔찍이 아꼈던 오대산이 교통사고로 갑자기 죽게 된다. 이러한 설정도 전과는 다른 삶을 살아가게 되는 주인공 오로라를 그리기 위해 어느 정도 개연성이 있으니 그것도 그렇다 치자.

그런데 연이는 하차는 거기서 멈추지 않는다. 동성애자 역으로 극중 감초 역할을 했던 나타샤 또한 사라지게 된다. 물론 극 후반부에 상남자로 변해 다시 나타나긴 하지만 하차하는 과정이 황당했다. 연인이었던 박사공이 갑자기 나타난 황미몽의 숨겨둔 딸을 사랑하게 되면서 버림받은 나타샤는 사랑을 위해 떠난다는 설정이다. 엄마인 왕여옥의 극렬한 반대에도 집안에 까지 들이며 나타샤와 관계를 유지했던 아들 박사공이 갑자기 이성애자가 되면서 연인이었던 나타샤가 떠나게 되는 설정은 황당무계하다. 나타샤의 인기를 의식했는지 임작가는 나타샤를 하차시킨 후 한참 뒤에 극 후반부에 다시 등장시킨다. 그것도 여자보다 더 여성스러웠던 나타샤가 갑자기 상남자로 변신해 등장한다. 임작가의 이런 전지전능함이 극 중 역할을 죽였다가 살렸다가 하면서 시청자들을 더 공황상태로 빠져들었다.

또한 오로라의 오빠 세명도 모두 하차하게 된다. 미국에 있는 이혼한 부인들이 한꺼번에 사고가 나면서 미국으로 출국하는 설정으로 그 이후로 오로라공주에서 볼 수 없게 되었다. 그것도 한꺼번에. 여기까지의 하차로 오로라의 가족은 엄마인 사임당과 애완견 떡대만 남게 된다. 그런데 엄마인 사임당마저 미국에서 돌아오던 중 마중 나온 오로라의 차에서 음악을 듣다 눈을 감으며 갑자기 세상을 떠난다. 처음 아무렇지 않게 오로라와 이야기를 나누며 차에 탄 사임당이 집으로 돌아가는 차안에서 잠든 것처럼 있다가 깨우려고 보니 이미 사망한 설정으로 하차 했다. 제작진은 이례적으로 사임당의 죽음에 대해서 자체 스포일러가 되기도 했다. 연이은 하차에 막장논란과 조기 종영해야 된다는 의견이 거세지자 사임당의 죽음을 미리 기사로 예고한 것이다. 제작진의 입장에서는 어떻게든 다음 스토리가 밖으로 새나가지 않도록 해야 정상 이고 더군다나 임작가는 극 중 배우에게 조차 앞으로 전개 될 상황에 대해 알리지 않는 철통보안을 유지하는 것으로 유명한 작가가 아닌가? 거세지는 논란이 위협이 되었는지 급기야 제작진이 스포일러가 되는 기이한 상황이 연출되었다. 결국 오로라 옆에는 떡대만 남게 되었고, 나중에는 이 떡대도 죽는다.

임작가의 데쓰노트에서 가장 황당한 방법으로 하차한 사람은 왕여옥 역할의 임예진이다. 왕여옥은 자다가 갑자기 유체이탈을 경험한다. 임작가는 이런 설정을 참 좋아하는 것 같다. 앞서 오대산 역의 변희봉도 극 중에서 유체이탈을 경험하는 장면이 있는데 다행히 그런 황당무계한 방법으로 하차하지는 않았다. 그래서 설마 했는데 아니나 다를까 왕여옥이 유체이탈로 사망하게 된다. 이유도 없고 앞뒤도 없다. 주조연으로 오로라공주의 스토리를 이끌어 나가는 중심 인물 중 하나였던 왕여옥이 자다가 유체이탈을 경험하고 심장마비로 즉사하면서 다음 회차에서부터 더 이상 임예진을 볼 수 없게 되었다.

오로라 가족의 전멸과 계속되는 주요인물의 하차가 지속되다보니 앞으로 임작가의 데쓰노트에 적힐 다음 인물을 예상하는 누리꾼들도 많아졌다. 논란이 되는 만큼 관심도 더해지고 있었던 것이다.

데스노트에 이름을 적는 라이토와 임작가에게는 공통점과 차이점이 있다. 공통점이라고 하면 전지전능한 입장이라는 거다. 누구든 데스노트에 이름이 적히면 그 방법대로 홀연히 사라진다. 그리고 라이토를 저지하기 위해 명탐정 L이 등장하는 점에서도 비슷하다. 임작가에게는 명탐정 L 대신에 수많은 안티팬들이 그 노릇을 대신하고 있다.

차이점은 공통점 보다 훨씬 많다. 우선 데스노트는 주인공 라이토의 의도대로 얻어진 것이 아니라는 점이 다르다. 라이토는 우연히 데스노트를 얻게 되지만 임작가는 본인이 만든 데스노트를 이용한다. 그리고 라이토가 데스노트에 적는 이름들은 사회악인 범죄자들이다. 목적이 정의사회구현인데 비해 임작가의 데스노트는 훨씬 더 무섭다. 그냥 임작가 마음대로 극 중 인물들이 사라진다. 게다가 이에 대해 정작 데스노트를 쥐고 있는 임작가는 어떤 해명도 없다. 또한 라이토의 데쓰노트가 정교한 룰을 가지고 있다면 임작가의 데스노트는 룰은 커녕 상식을 파괴하는 파격적인 방법을 사용한다. 그러니 오로라공주 극본을 더 무서운 데스노트라고 할 수 밖에.

한 드라마에서 극 중간에 11명이상의 배우가 하차한 이유로 여러 가지 추측이 난무했다. 먼저 오라라공주에서 하차한 배우들이 사전에 몰랐다는 반응으로 추측해 볼 때 이들이 임작가에게 밉보인것 아니냐라는 말이 있다. 오로라공주에 임작가의 친조카 노다지가 있다는 점을 감안하면 오로라공주에 출현하는 배우들의 의견이나 태도를 아마 생생하게 전해들을 수 있지 않았을까. 일반적인 조카와 고모사이라면 말이다. 그래서 상대적으로 비중이 작은 노다지는 오로라공주에서 하차하지 않고 오히려 갈 수록 분량이 늘어나면서 건재하고 있었을지도 모른다.

또 다른 이유로 제작비상의 한계라고 말하는 이들도 적지 않다. 극 중간에 설국, 안나, 은단표 등 새로운 인물들이 등장하는데 이들의 출연료 뿐 만 아니라 초반에는 별 비중이 없었던 역할인 설설희, 윤해기, 노다지와 같은 배역들의 분량이 증가하면서 제작비 부담이 커져서 기존 배역들을 하차시켰다는 설도 있다.

이유를 막론하고 극 중에서 누구를 남기고 하차 시키냐는 결국 임작가에게 달려 있었다. 그러니 데스노트에 쓰여 진 배역들에 대한 무슨 다른 설명이 필요하겠는가? 이러한 파격적인 행보는 한국 드라마 역사에 진기록을 새로 썼다고 해도 과언이 아니다.

호기심을 자극하는 황당 장면

오로라공주는 출연배우의 독특한 캐릭터뿐 만 아니라 정상적인 사람이라면 납득하기 힘든 황당한 장면으로도 연일 화제가 된다. 어떻게 저런 생각을 할 수 있었을 까라는 의문이 들 정도로 오로라공주 속에는 이해불가인 상황들이 심심치 않게 벌어져 극 초반부터 시청자들로부터 관심을 끄는데 성공했다. 여기서 말하는 황당한 장면은 막장상황과는 좀 다르다. 막장이 보통 사람 간에 얽히고설켜 지지고 볶으면서 볼꼴 못 볼꼴을 다 드러내는 거라면 황당 장면은 드라마스토리에 영향을 크게 주지는 않지만 말 그대로 엥?하는 황당함으로 눈길을 사로잡는 장면이다. 오로라공주에서 임작가 특유의 황당한 상황설정은 기대를 저버리지 않고 시청자들을 심심하지 않게 하고 있다. 황당함을 넘어서 다소 충격적이기 까지 한 설정들은 시청자들의 뇌리에 제대로 박히는데 성공했다.

오로라공주에서 가장 황당한 장면을 꼽으라면 단연 남주인공 황마마가 잠들기 전 누나 셋이 침대를 둘러싸고 앉아 염불을 외우는 장면일 것이다. 아마 드라마를 직접 보지 않고 이 책만으로 오로라공주를 접하고 있는 독자라면 상황을 쉽게 떠올릴 수 없을 것이다. 황마마의 누나들은 부모님의 유언에 따라 황마마가 잠자리에 누우면 잠들기 전까지 염불을 외운다. 염불도 그냥 보통염불이 아니다. 반야심경과 주기도문이 합쳐진 종교를 초월한 임작가표 특허 염불이다. 매일 자기 전 염불을 외우는 것은 이들에게 아주 중요한 일과로 각자 따로 사는 세자매가 염불을 외기 위해 저녁마다 기꺼이 남동생의 침대 맡에 모인다. 그러고 보니 황마마의 침실 스타일도 그 장면의 효과를 극대화 시키는 것 같다. 남자 혼자 자는 침대와는 안 어울리게 특특대 사이즈의 고풍스러운 스타일의 침대로 칙칙한 색의 사방커튼까지 달려있다. 세여자가 침대 밑에서 염불을 외우는 왠지 모를 음산한 분위기와 딱 어울린다. 이 장면은 한 번 보면 잊혀 지지 않는 장면이다. 독특함을 넘어서 기이하기까지 하다.

임작가월드의 전매특허라고 불리 우는 귀신출현은 이번 오로라공주에서도 역시 재현되었다. 물론 드라마에 귀신이 나온다는 것만으로는 이상하다고 볼 수 없다. 납량특집 드라마도 있고 아예 처음부터 주인공이 귀신인 드라마도 있다. 매년 방송되는 구미호시리즈도 있지 않은가? 그런데 임작가 드라마는 한여름 더위를 시켜주는 납량특집도 아니고 영혼이나 귀신이 나올만한 주제도 아니다. 귀신의 역할이 내용전개에 꼭 필요하다면 또 모르겠다만 귀신은 아주 잠깐 등장한다. 극 중에서 먼저 세상을 떠나게 된 오로라의 아버지인 오대산역인 변희봉은 귀신이 되어 나타난다. 세형제가 잠자는 장면에서 나타나 코고는 소리에 잠 못 이루는 둘째 아들을 보고 첫째아들이 코골이를 멈추도록 고개를 돌려놓고 사라진다. 그게 끝인가 싶겠지만 그게 끝이다. 아들들에 대한 따뜻한 부정을 나타내고 싶어 귀신으로라도 등장했다면 뭔가 좀 더 의미심장한 말이라도 하던가. 죽은 아버지가 자식 앞에 나타나는 장면치고는 참 싱겁기 그지없다. 임작가의 전작 〈신기생뎐〉에서 사람이 귀신에 씌어 눈에서 레이져를 쏴대던 장면보다는 덜하다 만은 역시나 황당하기는 마찬가지다.

나오는 캐릭터들도 역시 황당하다. 오로라의 셋째오빠는 치마를 좋아해서 집에서는 치마만 입고 치마를 입어보라며 큰형에게 선물하기도 한다. 앞 뒤 내용을 모르는 시청자가 이 장면을 봤다면 오로라 오빠 오대규가 혹시 동성애자인가?라는 호기심을 불러일으킨다. 남자가 치마를 입는다는 것은 파격적인 패션이 난무한 헐리웃에서도 패션의 도시 파리에서도 정말로 흔치않은 일이다. 남자 레이디가가 정도나 되면 모를까. 그런데 오로라공주에서는 이런 일이 아무렇지 않은 일이다. 뜬금없이 오로라 오빠 오대규가 치마를 입고 등장한다. 또 형을 언니라고 부르기까지 한다. 간혹 여자형제가 많은 집에서 막내로 혼자자란 어린남자아이가 여자형제들끼리의 호칭에 익숙해지고 자연스럽게 따라하게 되면서 그렇게 되는 경우가 있긴 하지만 남자 삼형제 간의 호칭이 언니라니 좀 이해해보려 노력해도 이해할 수 없는 설정이다. 더 황당한건 이런 특이한 설정에 딱히 이유가 없다는 거다. 극중 오대규가 동성애자 성향이라도 가지고 있다면 또 모를까 오대규는 결혼해 자식까지 둔 성정체성이 확실한 남성의 역할로 나온다.

　오로라가 어느 날 사주를 보러가는 장면도 황당하다. 사주를 보는 장면이야 드라마에서 흔히 등장하는 장면이다. 그런데 그 대상이 누구냐가 다르다. 오로라는 점집에 애완견 '떡대' 의 사주를 보러간다. 떡대는 오로가 아끼는 알레스카 말라뮤트 종으로 드라마에 자주 등장하는 비중 있는 조연 중에 하나다. 드라마 주인공의 애완동물이

자주 등장 하는 것은 그다지 이상한 일이 아니다. 그렇지만 애완동물의 사주를 보는 장면은 황당한 설정인 거였다. 한 보도에 따르면 떡대의 한회 출연료가 천만원 정도라고 한다. 임작가의 요청으로 까다롭게 캐스팅된 중요한 조연이라 그런지 극 중에서 떡대는 사람보다 나은 대접을 받고 행동도 사람처럼 한다.

극성스러운 시누이 시집살이를 못견디고 집을 떠나겠다고 말하는 장면에서 오로라와 황마마는 누나들 앞에서 싸우게 된다. 그러다가 감정이 격해진 오로라가 황마마의 따귀를 때리게 되는데 금쪽같은 남동생이 맞는 걸 본 큰누나 시몽은 충격에 기절하고 만다. 이 부분만으로도 이미 오바스럽긴 하지만 자신의 인생을 희생해 가며 애지중지 키운 남동생이 맞는 걸 상상도 못해 본 누나의 정신적인 충격이 엄청났을 수 있다고 치고 넘어가자. 그런데 거기서 끝이라면 오로라 공주의 황당 장면에 감히 꼽힐 수가 없다. 실신에서 깨어난 큰누나는 함묵증에 걸린다. 함묵증이 무엇인가? 실어증은 들어봤어도 함묵증은 생소하다. 의학적으로 면밀하게 따지고 들자면 실어증이랑은 다르지만 증상적으로 봤을 때는 말을 못하는 병이다. 실어증이야 드라마나 영화에서 큰 충격을 받은 후의 증상으로 자주 등장하는데 왜 하필 임작가는 함묵증이라는 생소한 병명을 선택했을까. 이날 방송분이 나가고 네이버 홈페이지의 오른편에 뜨는 '실시간 급상승 검색어'에는 한동안 함묵증이 올라왔다. 단어 선택하나로 관심 끌기에 제대로 성공한 것이다. 그런데 여기서 끝난 것이 아니다. 함묵증에 걸린 큰누나 시몽은 갑자기 수화를 하기 시작한다. 너무 황당한 설정에 드라마를 보지 않은 이 책의 독자들이 무슨 상황인지 이해가 가지 않을 것을 염려해 설명을 하자면 청각장애인들이 하는 그 수화 맞다. 수화는 또 대체 언제 배웠을까. 더 웃긴 건 시몽의 동생들은 또 그걸 잘 알아듣고 아무렇지 않게 시몽과 대화한다. 시몽이 수화를 하는 설정은 극 전체에서 개연성이 전혀 없는 행동이다. 잘나가는 골드미스면 수화정도는 기본적으로 할 줄 알아야 한다는 의미인가?

이와 같은 황당 상황들은 막장이라기보다는 엽기코믹에 가깝다. 드라마 주 내용 전개와는 별개로 자주 등장하는 이런 장면들은 좋게 말하면 오로라공주의 감초 같은 역할을 한다. 감초가 써서 탈이긴 하지만 여하튼 시청자의 관심 끌기에 제대로 한몫 했다.

임작가 특유의 황당 상황설정은 임작가의 드라마를 다른 막장드라마와 구분 짓는 요소이기도 하다. 송혜교와 송승헌이 주연해 대히트를 쳤던 '가을동화'라는 드라마를 기억하는가? 내용상으로 보면 이 드라마도 비록 나중에 출생의 비밀로 친남매 사이가 아닌 것으로 밝혀지긴 했지만 어린 시절 아무것도 모른 채 함께 자란 오누이가 사랑에 빠지게 된다는 것도 따지고 보면 막장내용이다. 그런데 가을동화는 시청자들의 기억 속에 아름답게 남아있다. 임작가의 막장월드와 뭐가 차이 인고 하니 가을동화에서는 적어도 개연성 없는 황당무계한 엽기 설정은 없다. 예를 들면 송혜교의 친엄마가 갑자기 무당이 돼서 부적을 써서 송혜교의 병을 고친다던지 망나니 오빠가 개과천

선해서 선교사가 된다던지 하는 황당스토리가 없다. 가을동화에 이런 내용이 있었다면 임작가는 지금 막장드라마계의 대모가 될 수 없었을 꺼다.

04

막장
드라마에
열광하는
이유

막장드라마의 시청률은 아이러니 하게도
초반보다 막장이 진행될수록 더욱 오른다.
욕하면서 보는 사람들이 늘어가면서 일종의 집단을
형성을 형성하고 있다. 이러한 집단형성은
인간이 가지고 있는 '소속감의 욕구'를 충족시킨다.
저명한 심리학자 메슬로우는 인간의 욕구에 대한
정의에서 5단계 중 3번째 단계로 발달하는
욕구를 소속감의 욕구로 보았다.

04장

막장드라마에
열광하는 이유

ᴍ̈

내인생은 이만하면 괜찮다.

영화나 드라마, 소설의 스토리가 아름
답고 감동적인 것들로만 가득 찬 작품을 본 적 있는가? 어릴 적부터
봐온 동화나 만화영화까지 다 통틀어 떠올려보려 해도 아마 쉽게 생
각나지 않을 것이다. 아이들이 좋아하는 해피 한 캐릭터인 백설공주
와 신데렐라만 봐도 나중에 공주가 돼서 행복하게 끝나서 그렇게 기
억할 뿐이지 공주들도 험난한 삶을 살았다.

백설공주는 얼굴도 모르는 마녀 할망구의 말도 안 되는 질투 때문
에 독사과를 먹게 된다. 뭐라도 잘못했으면 덜 억울하기라도 하지 단
지 예쁘다는 이유만으로 천진난만한 공주가 독사과를 먹고 졸지에
숲속에서 일곱난장이와 살게 된다. 생각해보면 얼마나 황당하고 열
받는 상황인가? 신데렐라도 마찬가지다. 신데렐라는 어려서 부모님

을 잃고 지독한 계모와 언니들에게 구박을 받는다. 언니들은 모든 것을 누리지만 신데렐라는 집안의 가정부처럼 갖은 궂은일을 도맡아 하면서 식모처럼 살았다. 어디 그뿐인가? 겨우겨우 가게 된 파티장에서도 끝까지 즐기지 못하고 12시, 한창인 시간에 아쉬움을 남긴 채 나와야하는 짜증나는 상황에 신발까지 잃어버린다. 이처럼 어린이의 꿈과 희망을 길러주는 동화에도 아름답기는 커녕 제대로 된 막장 상황들이 등장한다.

결국 멋진 왕자님을 만나 행복하게 살았답니다로 끝나는 이런 동화들은 이미 공주들이 갖은 고생이란 고생은 다한 뒤 얻은 행복이라 아름답게 받아들여지는 것이다. 만약 백설공주와 신데렐라의 이야기가 처음부터 공주로 태어나 행복하게만 살다가 결혼할 나이 되어서 멋진 왕자님을 만나 시집가서 잘 살았다로 쓰여 졌다고 생각해보라. 아무리 천진난만한 아이들이라도 과연 좋아했을까? 아마 되게 재미없어했을 거다. 어떤 사건도 없이 잘 먹고 잘 산 얘기가 재미가 있을 리가 없다. 어려움을 극복하고 진정한 공주님이 되었기 때문에 아이들의 우상이 된 것이지 마냥 공주라서 좋아하는 게 아니다. 왜냐하면 아이들도 나름대로의 고충이 항상 있는 인간이기 때문이다. 엄마가 갖고 싶은 걸 안 사줘서 짜증이 나기도 하고 하기 싫은 공부를 시켜서 괴롭기도 한다. 그 나이 때는 엄청나게 서러운 상황이다. 그래서 나름 살기가 만만치 않은데 만약 동화책에서 읽은 백설공주와 신데렐라가 날 때부터 금수저를 물고 태어나 가지고 싶은 건 다가질 수 있고 공부도 안 해도 되고 하고 싶은 건 다 할 수 있는 데다가 예쁘고 착하기까지 하다면 아무리 애들이라도 공감이 가겠는가? 그런 내용이었다면 백설공주와 신데렐라가 명작으로 지금까지 아이들에게 계속 읽히지 않았을거다.

남녀노소 누구나 죽을 때까지 어려움을 경험하면서 사는 게 정상이다. 불교에서는 아예 인생을 괴로움인 '고(苦)' 라고 하고 있다. 살아가면서 늙고 병들고 죽는 과정 자체가 괴로움이라고 보는거다. 좋은 집안에서 부자로 잘 태어나면 아무 걱정없이 행복한거 같지만 그렇게 되지는 않는다. 아무리 부자로 태어나도, 공주나 왕자로 태어나도 본인들은 나름대로 다 어려움을 겪으면서 살고 있다. 다른 사람들이 보면 행복하다고 하지만, 막상 왕자나 공주 본인이 행복해하지는 않는다.

태어날때는 부자나 귀인이 아니었지만, 나중에 노력해서 출세한 사람들은 행복할거로 생각한다. 자수성가로 재벌이 된 사람들은 아무 걱정없이 만족하면서 행복해하지 않을까? 하지만 사회에서 성공한 사람이라고 인정하더라도 본인의 행복감이 그렇게까지 증가되지는 않는다. 이전에 가난하고 어렵게 살때보다는 행복하겠지만, 아무런 불만이 없이 불행을 느끼지 않으며 행복해하지만은 않는다. 그게 인간 본연의 사고방식인거다.

사람들은 누구나 나이가 들면서 더 많은 어려움을 경험하고 그걸 헤쳐 나가기가 힘이 든다. 누구나 각자의 십자가를 지고 산다는 말이 있지 않은가? 어려움의 종류와 크기는 다 다르겠지만 상대적으로는 결국 비슷한 삶의 무게를 느끼는 게 인간의 삶이다. 그런데 주변에 흠잡을 것 하나 없이 모든 게 완벽한 공주와 왕자만 살고 있다고 생각해보자. 운 좋게 좋은 부모 만나 경제적인 어려움이란 전혀 모르고 자랐고 머리도 좋아서 공부도 그냥 대강하는데 성적은 항상 최상위라 좋은 대학 좋은 과를 우수한 성적으로 졸업해 연봉을 몇 억씩 주는 직장에 쉽게 취직하고 비주얼도 완전 연예인이다. 거기서 끝나는 게 아니라 성격까지 좋아 대인관계도 좋고 얼굴에 구김살이라고는 찾아볼 수 없는 완벽한 사람들만 주변에 있다고 치자. 그걸 바라보면서 사는 평범한 사람의 마음은 어떠할까? 이 완벽한 사람이 피해는 커녕 나를 도와준다고 해도 결국 그게 나 자신은 아니기 때문에 자꾸 스스로를 비교 하게 되고 상대적인 박탈감이 들 수밖에 없는 게 일반적인 사람의 심리이다. 동경하면서도 질투의 감정이 생기고 내 자신이 상대적으로 비참하게 느껴지면서 삶의 회의를 느낄 수도 있다. 사실 완벽한 사람은 세상에 없다. 신이 아니고 인간으로 태어난 이상 누구나 부족함과 어려움을 가지고 살아간다. 어른이 되고 나이가 먹으면 먹을 수록 정도의 차이지 누구나 그렇다는 사실을 어느 정도 깨닫게 되면서 나만 사는 게 힘든 게 아니구나라는 위로를 얻는다.

드라마를 볼 때에도 이와 비슷한 사람의 마음이 작동한다. 만약 시종일관 훈훈한 내용만 계속되는 드라마가 있다고 치자. 시청자들이 과연 그 드라마를 볼까? 처음엔 호기심에 볼 수 도 있겠지만 보다 보면 자신이 처한 혹독한 현실과는 동떨어진 상황에 슬슬 마음속에서 무언가가 올라오기 시작할 것이다. 화려한 삶을 사는 재벌의 등장에 대리만족을 느낄 수도 있겠지만 그것도 잠시다. 대출이자 걱정, 생활비 걱정, 노후준비 걱정이 쌓여가는 자신이 상대적으로 초라해 보이고 싫어지기 시작한다. 완벽한 남자와 여자가 만나 알콩달콩하게 연애하고 결혼하는 장면에서는 갑자기 애인 혹은 배우자와 심하게 다툰 일이 생각나는 동시에 드라마 속 완벽한 주인공들의 비주얼과 비교되면서 도대체 나는 왜 그런 완벽한 사람을 못 만나는 걸까라는 생각이 들 꺼다. 그런 마음이 들게 되면 그 드라마가 보기 싫어진다.

이렇듯 드라마에서 마냥 해피 한 모습만 그려진다면 내가 처한 현실과는 다른데서 오는 상대적 박탈감에 짜증나서 더 이상 그 드라마를 안 보게 되는 게 복잡한 인간의 심리이다. 그러니 적절히 나보다 못한 얘기도 나와 줘야 뭔가 더 편안함을 느낀다.

오로라는 극 초반에 질투가 날 정도로 정말 모든 것을 가진 공주였지만 급작스러운 아버지의 죽음과 집안사업의 실패로 순식간에 모든 걸 잃는다. 그렇게 되면서 살면서 맛보기 힘든 갖은 굴욕과 어려움을 겪게 된다. 또한 능력 있는 조각가로 싱글라이프를 맘껏 즐기는 골드미스 캐릭터였던 황미몽은 알고 보니 성폭행 당해 딸을 낳아 버린 과거가 있고 그 딸이 임신한 채로 집을 찾아오면서 죄책감에 괴로워하게 된다. 다른 황자매들도 겉으로 보기에는 멋진 솔로의 삶을 살고 있지만 알고 보면 시집못가 안달난 사람처럼 이남자 저남자에게 추파를 던지고 나이 드는 것에 안절부절 못하는 전형적인 노처녀 히스테리가 작렬하는 캐릭터이다. 그 뿐만 아니라 남의 가정을 두 번이나 파탄 낸 파렴치한이지만 결국 부잣집 마나님자리를 꿰차고 모자랄 것 없이 사는 왕여옥도 아들이 동성연애자라 심하게 마음고생을 한다. 그리고 나중에는 결국 유체이탈이라는 무서운 경험을 하면서 심장마비로 갑자기 죽게된다. 또 극 중 좋은 부모 밑에서 잘 자란 부잣집 외아들로 인성과 외모까지 겸비한 그야말로 백마탄 왕자님 캐릭터인 설설희는 그토록 사랑하던 오로라에게 실연당하고 혈액암 말기 판정을 받는다.

드라마 속 캐릭터들은 겉으로는 모자란 것 없이 완벽해 보이지만 순간에 모든 걸 잃기도 하고 남모를 아픔과 콤플렉스 때문에 괴롭고 암에 걸려 아프기도 하고 갑자기 죽기도 한다. 이런 전개가 개연성 없이 기괴한 방법으로 이루어져서 끝없는 막장논란을 일으켰기는 하지만 시청자들은 한편으로 이런 막장 상황을 보며 내인생은 이만하면 괜찮다는 안도감이 들기도 한다. 또 나뿐만 아니라 모든 사람에게 어려움이 있다는 사실에 위로가 된다.

계속되는 경제난과 사회위기 속에서 살아가기 힘든 한국의 평범한 사람들은 드라마 속 막장상황들을 보면서 씁쓸하지만 그나마 최악의 상황보다는 나은 자신의 현실에 만족하면서 위로를 얻고자 하는 심리가 점점 커지고 있는 것 같다. 오로라공주는 극 초반 모자랄 것 없이 완벽하게 보이는 캐릭터들이 주인공인 오로라를 포함해 누구하나 빠짐없이 막장인 상황에 부딪히게 된다. 그런 면에서 더 극적으로 시청자들의 이러한 심리를 충족시켜 주고 있다.

오로라공주는 개콘의 드라마버젼

시사교양보다 예능프로그램은 항상 더 인기가 있다. 물론 예능프로그램이 제작되는 비중이 더 높아 많이 보기 때문에 그럴 수도 있겠지만 이는 결국 시청자들이 예능프로그램을 더 좋아한다는 걸 반영한 결과다. 시사교양 프로그램이 다양한 장점을 가지고 있는데도 왜 그럴까?

우리나라에는 EBS라는 교육방송으로 특화 된 전문채널이 있다. EBS는 시사교양과 관련 된 소재를 위주로 다큐형식의 프로그램을 제작하고 방송하는 공영방송사 중 하나이다. 그런데 EBS는 타 공영방송사와 같이 역사가 오래되었음에도 불구하고 여전히 시청자들에게 익숙하지 않은 채널이다. 다른 채널로 돌리다 우연히 관심 있는 장면이 나오면 잠깐 멈춰서 보는 그런 채널이라고나 할까. 기본이 교육방송이라 그런지 왠지 뭔가 지루한 느낌이 든다. 그래도 유익한 채널이라는 것만은 확실히 보장되는 훌륭한 방송사다. 최근에는 시청자들의 구미에 맞는 다양한 프로그램을 개발해 몇몇 프로그램의 경우 매니아층도 생겼다. 의학을 소재로 한 '명의'가 그 예로 이런 프로그램은 아이들과 함께 보기도 좋고 일상생활에 알아두면 좋을 상식을 쉽게 알려주는 유익한 프로그램이다. 비록 다수는 아니지만 시사교양장르를 좋아하는 사람들은 EBS를 즐겨본다.

그런데 시청률로 따지자면 한국 지상파 방송 중 EBS는 가장 낮은 순위이다. 유익한 방송들로 넘쳐나는데 왜 그럴까? 왜 예능 프로그램이 더 인기가 있는 것일까? 대부분 사람들은 쉬려고 앉아서 TV를 본다. 여러 가지 복잡한 일로 생각할게 많았던 머리를 비우려고 보기에는 예능프로그램이 딱 이다. 아무 생각 없이 웃으면서 스트레스를 푼다.

최근 가장 인기 있는 예능프로그램은 개그콘서트이다. 개콘은 2013년 1겨울을 기준으로 전 지상파 방송사 프로그램 시청률 순위에서 5위, 예능으로만 따지면 1위의 시청률을 자랑하고 있다. 개그콘서트는 1999년부터 방송된 장수하는 개그프로그램이기도 하다. 이렇게 인기를 유지하는 비결은 말그대로 '웃기기' 때문이다.

개그콘서트는 보면서 생각을 해야만 웃을 수 있는 프로그램이 아니다. 개그맨들의 연기력에서 나오는 표정과 행동이 보기만 해도 웃긴다. 예전에는 개그맨답게 생긴 외모를 가진 캐릭터만 하나만 나와도 빵하고 웃음을 터뜨릴 수 있었다. 그런데 이제는 내용으로 웃겨야 살아남을 수 있다는 게 개그계의 새로운 트랜드이다. 물론 여전히 생김새나 차림으로도 일단 먹고 들어가는 경우도 있지만 요새 개콘에 나오는 신인개그맨들 중에는 선남선녀들이 많다. 이는 시청자들의 웃음 코드가 달라졌다는 것이다.

개그콘서트의 인기코너였던 '생활의 발견'은 대표적인 그런 예이다. 생활에 발견은 평범한 연인이 데이트를 하는 상황에서 벌어지는 웃기는 내용으로 시청자들을 빵빵 터지게 했다. 그 코너에 등장하는 개그맨들의 외모나 차림은 평범하다. 둘이 멀쩡히 주문을 하고 다정한 연인의 모습으로 밥을 먹다 한명이 뜬금없이 '우리 헤어져'라고 말한다. 이런 심각한 상황에서도 디테일하게 주문을 하고 먹을 껀 다 먹어가면서 보통 이별장면이랑은 다른 장면을 연출한다. 예상치 못한 대사와 설정에서 시청자들은 웃음이 터진다. 갑자기 왜 그러냐는 상대방의 말에 '나 다른사람 생겼어'라고 말하면 뒤에서 기다리고 있던 인기 있는 연예인이 새로운 연인역할로 등장한다. 그런데 새로운 연인은 나이 많은 아줌마나 아저씨이기도 하고 백수건달, 공주병 말기 등의 반전 캐릭터이다. 바람이 날 만한 상대가 전혀 아닌 상대한테 쏙 빠져 전 연인에게 헤어지자고 하는 황당 장면을 보면서 웃음폭탄이 터진다. 상황에 맞지 않는 예측불가능 한 반전이 보는 이들을 어이없게 만들면서 이내 웃음으로 이어지는 것이다.

오로라공주는 개그콘서트의 여러 코너를 섞어 놓은 것 같은 장면들이 많이 나온다. 오로라공주 패러디가 실제로 개그콘서트에 소재로 쓰이기도 할 정도니 얼마나 웃긴 장면들이 많다는 것인가? 최근 개콘의 한 코너에서 한 개그맨이 '치질세포도 생명이니 죽일 수 없어요'라고 치료를 거부하는 장면이 나와 많은 사람들이 웃다가 쓰러졌다. 오로라공주에서 암세포도 생명이니 죽일 수 없다라고 극 중 설설희가 한 대사를 패러디한 것이다.

극 중 몇몇의 캐릭터들은 개콘의 개그맨을 연상시킨다. 동성연애자인 나타샤는 개그프로그램에서 여자역할을 하는 남자처럼 행동한다. 말투도 그렇고 성격도 그렇다. 한번은 나타샤의 연인 박사공의 동생 박지영이 샌드위치 20개를 만들어달라고 하자 일부러 샌드위치를 맛없게 만드는 유치한 복수로 박지영을 골탕 먹인다. 그 후 장롱 속에 수박을 숨겨놓고 먹던 나타샤가 박사공이 들어오자 갑자기 불쌍한 척 하면서 엄살을 떤다. 이 장면은 나타샤의 깍쟁이 같은 연기가 너무 웃겼던 장면이다.

못 된 큰 시누이역인 황시몽도 웃기는데 제대로 한 몫 한다. 황시몽은 오로라가 남동생의 뺨을 때리는 것을 보고 충격에 함묵증에 걸린다. 그 후 동생들과의 능숙한 수화를 통해 대화한다. 독한 말을 마구 쏟아대던 사람이 갑자기 쓰러져서 깨어나니 함묵증에 걸렸다. 그리고 망설임 없이 막 손으로 진짜 수화를 하는 듯 한 흉내를 내며 아무렇지 않게 할 말을 다하는 장면을 상상해 보라. 이 장면을 본 사람들 중 안 웃은 사람은 아마 거의 없을 것이다. 그쯤에서도 충분히 웃겼으나 더 웃긴 장면이 벌어진다. 함묵증에 걸린 황시몽이 커피숍에서 차를 마시다가 우연히 옆을 보니 자기가 좋아하는 스타일의 남자가 앉아 있었다. 그게 누구냐 하면 설운도이다. 극 중 이름이 설운도가 아니고 트로트 가수 설운도. 뜬금없는 설운도의 등장만으로도 뒤집어 지는데 힐끔힐끔 설운도를 훔쳐보던 시몽은 핸드폰을 두고 가는 설운도에게 핸드폰 챙기시라는 말이 터지면서 함묵증이 싹 낫는다. 안 웃긴가? 안 웃기다면 웃음에 대한 기준이 엄격한 사람일 가능성이 높다.

또 뜬금없는 크레용팝 패러디가 연출되기도 하는데 진짜 크레용팝과 헷갈리게 헬멧을 쓰고 얼굴을 가린채 극 중 노다지의 친구들이 '빠빠빠'를 공연하는 장면은 시청자들로 하여금 실소를 터트리게 한 장면 중 하나이다. 뿐만 아니라 오로라공주에서는 심지어 개에게도 대사가 있다. 오로라가 키우는 개 떡대가 '차돌박이 훌륭하죠' 라고 하는 말(?)을 자막으로 처리했다. 갑자기 뜬금없이 개의 생각을 말로 표현하는 이러한 장면은 개콘에서 한창 유행했던 정여사의 브라우니를 생각나게 했다.

이 외에도 개콘에 나올 법한 장면들이 자주 등장에 깨알 같음 웃음을 준다. 그래서 의외로 오로라공주가 웃겨서 본다는 사람도 많다. 오로라공주의 모든 내용이 심각한 막장으로만 가득 차 있다면 지금과 같은 시청률은 절대 나오지 못했을 거다. 개콘처럼 황당하고 개연성 없는 웃긴 장면이 드라마에 자주 등장한다는 게 아이러니한 일이긴 하지만 어찌되었건 오로라공주가 시청자들을 웃게 하는 방법은 개그프로그램이나 별반 다를 바가 없다.

임작가의 작품들을 살펴보면 전작 모두 블랙코미디코드를 지니고 있다. 블랙코미디는 주로 영화에서 많이 나오는 코미디의 하위 장르로 냉소적이고 음울하면서도 그 안에 유머가 있다. 블랙코미디영화 하면 〈조용한 가족〉이 떠오른다. 조용한 가족은 산장에서 숙박업을 하며 살아가는 가족들의 이야기이다. 어느 날 한 사람이 산장에서 자살을 하자 소문이 돌게 되면 가뜩이나 없는 손님이 끊어질까봐 가족들은 이를 숨기려한다. 그러면서 더 큰 일에 자꾸 휘말리게 되는 스토리다. 분명 내용상으로는 공포나 스릴러에 해당되지만 황당하고 웃긴 장면이 많아 한국의 대표적인 블랙코미디 영화로 평가받고 있다. 내용은 다르지만 같은 가족드라마이면서도 어울리지 않는 각종 막장장면들이 등장하며 어이없는 웃음을 주는 임작가의 오로라공주와 크게 다르지 않다. 오로라공주를 보고 있노라면 일일드라마라고 보이기보다는 막장이 좀 심하게 가미된 장편의 블랙코미디를 보는 듯한 느낌이 든다. 괴기스럽기도 하면서도 웃기기도 하는 게 임작가 드라마만의 특징이다.

개그프로그램이나 블랙코미디를 보면서 터뜨렸던 웃음을 감동의 웃음이 번져야 되는 일일 가족드라마에서 그야말로 황당함에 빵 터뜨리게 되는 이런 상황이 좋은 건지 나쁜 건지는 사람마다 다르게 느낄 것이다. 그렇지만 오로라공주가 시청자들에게 웃는게 웃는게 아닌 쓴웃음을 주는 것만은 확실하다.

안보면 될 꺼 아님?

앞에서 언급했듯이 어떤 대상에 대한 비판은 격렬할 수록 결국 관심의 표현으로 해석할 수 있다. 드라마의 경우 정말 보기 싫으면 안보면 되고 그렇게 되면 저절로 시청자들의 관심이 사라지면서 시청률이 하락한다. 시청률을 먹고사는 드라마에게는 그보다 치명적인 것은 없다. 그런데 오로라공주는 막장논란으로 연일 포털싸이트에 오르내리면서도 어떻게 높은 시청률을 유지할 수 있었던 걸까?

뒷담화는 재미있다. 친구 둘이상이 모인 수다에서 뒷담화는 필수다. 대상은 다양하다. 직장상사의 갈구기, 다른 친구 험담하기, 시월드와 남편에 대한 한풀이, 새로 산 물건에 대한 불만까지 생물, 무생물을 가리지 않고 뒷담화의 소재는 끝이 없다. 욕이나 험담은 익명성이 보장되면 더더욱 시너지 효과를 발휘해 한두시간은 족히 때울 수 있는 말꺼리를 제공한다.

뒷담화는 예전이나 지금이나 대화를 이어가는 중요한(?) 역할을 하고 있는데 현대사회는 그 역할이 더 커진 것 같다. 일단 한국사회가 산업화되기 전 대부분 농사로 먹고 살던 시절에는

지금처럼 다양한 사람들과 접촉할 수 있는 기회가 흔치 않았다. 더구나 고된 육체노동으로 지쳐 욕할 기운도 없었다. 뒷담화 할 꺼리도 그럴 시간도 기운도 없었던 그 시절과는 달리 지금은 하루에도 원하

건 원하지 않건 셀 수 없이 많은 사람을 만난다. 그만큼 대인관계에서 오는 스트레스가 늘어났고 상대적인 비교가 쉬워지면서 욕 할 꺼리도 참 많아졌다. 눈에 보이는 게 많으니 많아질 수밖에 없지 않겠는가. 누군가를 욕하고 싶은 욕구는 날로 증가하고 있는데 한국인은 남과의 관계를 중요시 여기는 문화적 특수성을 가지고 있다. 그래서 직접 마주하는 관계에서는 부정적인 감정표현을 최대한 안하려고 하는데 익숙하다.

포털싸이트에 올라오는 비방글은 사실 이런 억눌린 감정표현이 분출되어 나오는 일종의 뒷담화로 볼 수 있다. 만약 임작가나 오로라공주의 제작진이 바로 앞에 있다면 드라마를 비방하는 말들을 격렬하게 그것도 쉽 없이 쏟아 낼 수 있을까? 인터넷을 통한 비방은 욕하는 대상과 직접적인 대면이 이루어지지 않기 때문에 내가 뭐라 하던 하고 싶은 말을 마음껏 쏟아내도 공격받을 소지가 거의 없다. 더구나 IT강국 한국 아닌가? 함께 욕할 사람이 옆에 없어도 손쉽게 여러 사람과 함께 뒷담화를 할 수 있는 완벽한 상황이다. 그러면서 평소에 억눌려 있던 해결되지 않은 욕구를 배설한다. 대상이 뭐건 한 번 시원하게 욕하고 스트레스를 풀어버리는 것이다. 또한 사회에서 이눈치 저눈치 보느라 평소에 쉽게 말할 수 없었던 자신의 의견을 거침없이 표현할 수 있어 자존감이 올라가는 것 같은 기분이 들기도 한다.

오로라공주는 다양한 기법을 동원해 막장드라마로 사람들에게 뒷담화 거리를 충분히 제공 했다는 면에서 훌륭(?)하다. 사람들에게 같이 욕할 거리를 제공해주고 있다. 사람들이 모여서 같이 이야기할 수 있는 소재를 제공해주는거다. 이 대화에 참가하는 사람들이 서로 동질감과 소속감을 느낄 수 있도록 해주고 있다. 다른 작가들이라면 이렇게 많은 사람들이 욕을 하면 괴로워할 수도 있을 것이다. 그래서 사람들은 욕을 하는 것에 대해 죄책감을 느낄 수도 있을 것이다. 하지만 임작가는 시청자들의 반응은 전혀 인식하지 않는 축구에서 말하자면 독단적인 스트라이커다. 누가 뭐라 하던 신경 쓰지 않는 것으로 유명하다. 그러니 비난하는 사람들도 별 부담없이 뒷담화를 할 수 있게 된다.

그리고 임작가의 작품세계에는 그 누구도 침범할 수 없는 것으로 정평이 나있다. 거물 작가임에도 임작가의 사생활에 대해선 거의 알려진 바가 없다. 철저히 신비주의 전략을 고수해 제작진조차 연락처를 모른다는 뒷이야기로도 있다. 임작가 본인의 캐릭터도 극중 캐릭터처럼 독특하기 그지없다. 그 캐릭터에 충실해 연일 터지는 비방글에도 임작가는 어떤 리액션도 취하지 않는다. 누군가에게 화가 나서 욕을 할 때 보통 상대가 수그러드는 기미가 보이면 점점 화가 가라앉으면서 그만하기 마련이다. 그런데 오로라공주의 경우 갖은 비방에도 불구하고 충실히 막장을 이어가고 있어 시청자들을 더 부글부글 끓게 만든다. 뭐라고 해명도 없으면서 싫다는 걸 계속 하는 것만큼 사람을 심리적으로 예민하게 만들고 화나게 하는 것도 없다. 이러한 상황들이 고도의 전략이라면 오로라공주는 제대로 성공한 것이다.

욕하기 위해 또 봐야 되는 상황을 만드니 말이다.

　막장드라마의 시청률은 아이러니 하게도 초반보다 막장이 진행될 수록 더욱 오른다. 욕하면서 보는 사람들이 늘어가면서 일종의 집단을 형성을 형성하고 있다. 이러한 집단형성은 인간이 가지고 있는 '소속감의 욕구'를 충족시킨다. 저명한 심리학자 메슬로우는 인간의 욕구에 대한 정의에서 5단계 중 3번째 단계로 발달하는 욕구를 소속감의 욕구로 보았다. 기본적으로 사람이 먹고사는데 문제가 없고 안전에 위협이 없으면 추구하게 되는 욕구이다. 일일드라마를 꼬박꼬박 시청하면서 욕 할 수 있는 시간이 있는 계층은 적어도 최소한 먹고사는데 무방한 사람들일 것이라 보는데 무리가 없을 것 같다. 이 욕구가 충족 된 사람들은 다음으로 어느 집단에 소속되고 싶어 하는 욕구를 가지게 된다. 게다가 일일드라마의 주 시청계층인 아줌마, 특히 전업주부 혹은 그 시간에 집에 있을 수 있는 사람들은 딱히 소속되어 있는 집단이 없을 가능성이 크다. 한국 가정의 일반적인 형태인 부모, 자녀로 구성되어있는 가족구조에서 부모 중 아빠는 생계와 관련된 소속집단이 있다. 독립하지 않은 자녀의 경우 보통 학교에 다니거나 직장에 소속되어 있다. 그러나 전업주부나 일하지 않고 있는 성인의 경우 소속감의 욕구가 좌절되기 쉬운 취약집단이다. 뿐 만 아니라 회사나 학교와 같은 공식적인 소속집단에서도 점점 개인주의가 만연해 지면서 마땅히 어디에도 소속감을 느끼지 못하는 사회로 변화하고 있다.

가족에서도 사회에서도 충족되지 못하는 소속감을 더군다나 자극적으로 누군가를 뒷담화 하는 집단에서 느낄 수 있다는 점은 매력적이다. 드라마 한편을 함께 욕하며 본다는 것으로도 소속감이 생기고 나와 같은 의견을 가진 다른 누군가가 있다는 것만으로도 안정감을 느끼게 되는 것이다.

그 반대인 경우도 있을 수 있다. 오로라공주의 진정한 팬도 있을 것이고 사실 드라마를 보면서도 아무 생각 없이 습관적으로 보는 사람도 있고 드라마는 그냥 드라마로 치부하고 감정이입 자체를 아예 하지 않는 사람도 있다. 그런데 자꾸 막장을 논하며 비판하는 여론이 들끓고 점점 그 규모가 커지다 보니 진정한 팬이나 중립적인 입장에 있었던 시청자도 자꾸 신경이 쓰인다. 자신이 보는 드라마의 안티싸이트가 생기고 조기종영을 위한 서명운동도 하고 있다. 게다가 그들이 내세우는 막장드라마의 위해성에 대한 논리도 어느 정도 맞는 것 같다는 생각도 든다. 이쯤 되면 입장이 다르거나 없는 내가 혹시 잘못된 건 아닐까라는 의문이 들 수 있다. 대세인 의견에 따르지 않는 것 같아 뭔가 불안한 기분이 들 것이다. 이러한 군중심리의 반영으로 안티싸이트에 올라오는 글은 하루하루 늘어난다.

오로라공주를 하루도 빼먹지 않고 보는 시청자라고 스스로 생각해 보자. 여럿이 모인자리에서 어제 방영된 오로라공주에 대한 얘기가 나왔다. 본인은 사실 아무생각이 없다. 대다수의 사람이 막장드라마를 주제로 신나게 욕을 하고 있는 자리에서 뭐라도 한마디 끼려면 함께 동조할 수밖에 없지 않겠는가? 안 그러면 나는 막장드라마를 좋아하는 독특한 취향을 가진 이상한 성격의 사람으로 되어버 릴 수 도 있다.

오로라공주가 막장이라고 느껴지면 안보면 그만이다. 안티보다 무서운 게 무관심이다. 아예 관심을 꺼버리는 게 가장 효율적이고 효과적인 안티활동이다. 그런데 욕하면서 본다는 것은 결국 관심을 가지고 있다는 것이다. 어쩌면 욕 할 꺼리가 필요해서 오로라공주를 보는 게 아닐 까라는 생각마저 든다.

오로라공주는 아마 가장 많은 욕을 먹은 드라마로 당분간 기록을 유지 할 것 같다. 이러한 막장드라마는 임작가의 막장극본에서 비롯된 것이기는 하지만 분명 그게 다는 아니다. 누군가는 어느 이유에서든 막장드라마를 원하기 때문에 존재할 수 있는 것이다.

안티팬도 팬이다.

안티(anti)와 팬(fan)은 사실 사전적 의미상 결합하기가 힘든 단어다. 연예인이나 드라마, 영화, 정치인에 이르기까지 요즘 사람들은 뭔가 하나 꽂히면 과거보다 적극적으로 그 대상에 대한 감정표현을 한다. 대체로 안티팬은 특정연예인을 싫어하는 사람 또는 집단으로 통용되고 있다.

IT기술이 발달함에 따라 인터넷 포털싸이트, 각종 SNS 등 감정표현을 하는 방식이 날로 발전되는 만큼 어떤 특정대상에 대한 안티여론형성이 참으로 쉬워졌다. 예전에도 물론 안티팬이 존재했다. 그러나 예전의 안티팬들이 진정한 안티팬으로 활동하기에는 현실적인 제약이 많아 고작 한다는 것이 선물인 것처럼 가장해 끔찍한 물건을 보낸다던가 직접 찾아가 낙서하고 욕하기 등 많은 노력이 필요한 번거로운 안티활동밖에 할 수 없었다. 게다가 이러한 안티활동은 그다지 해당 연예인들의 활동에 지대한 영향을 미치지 못했다. 수가 많지도 않을뿐더러 그런 사건이 일어났다 한들 지금처럼 급속도로 퍼지는 시대도 아니었으니 이슈가 되지 못했다.

예전의 안티팬들이 누군가를 독하게 싫어하는 소수가 모여서 소모적인 노력 그것도 부지런하게 하는 활동가(?)들이었다면 지금은 인터넷 덕분에 손쉽고 경제적으로 활동을 할 수 있게 되었다. 더구나 인터넷을 중심으로 활동하는 안티팬들은 익명성이 보장이 돼 표현의 한계도 없다. 느끼는 대로 논리적이건 비논리적이건 내가 하고 싶은 말을 제한 없이 마음껏 쏟아낼 수 있기 때문에 안티팬은 숫자나 표현의 강도에서 엄청나게 영향력이 큰 집단이 되어버렸다.

안티팬이 꼭 나쁜가? TV 좀 본다 싶은 사람은 그렇지 않다는 걸 많은 연예인들의 케이스에서 알고 있을 것이다.

예를 들면 90년대 후반 최고 아이돌로 군림했던 HOT는 대부분의 초중고생이 다섯명의 멤버중 적어도 한명이상의 팬일 정도로 그 인기가 엄청났다. 돈을 내고 가입해야 하는 공식적인 팬클럽만 1만 5000명이었으니 말 다한 거 아닌가. 그러나 안티팬도 그만큼 많았다. 그 시절 경쟁구도에 있던 젝스키스라는 아이돌 그룹의 팬은 곧 HOT의 안티팬이었다. 그 당시를 회상하면 요새말로 서로를 '디스' 해주던 안티팬들은 사실 그 두그룹의 인기를 더욱 과열시키는 역할을 했다.

오로라 공주는 임작가의 막장드라마들의 연장선상에 있는 드라마이다. 높은 시청률을 올렸지만 임작가의 전작 드라마를 시청했던 많은 시청자들 중 대부분은 안티팬이었다. 아니면 왜 임작가 드라마에 '막장' 이라는 부정적인 수식어가 붙었겠는가? 그들은 사실 이번드라마가 얼마나 더 막장일 것인지를 내심 기대하고 있었을지 모른다. 이러한 심리는 아이러니하게도 전작들과 비교해 어느 드라마가 더 막장일지에 대한 일종의 대결구도를 형성하고 그 호기심이 시청률로 이어지는 패턴으로 나타나고 있다.

또 연예인들 중에는 일부러 비호감 캐릭터로 활동하는 사람들이 많다. 이상하다. 연예인은 대중의 사랑을 먹고사는 게 일반적인데 왜 일부러 비호감 캐릭터를 자청하는 것일까? 비호감 캐릭터의 대표주자로 몇 명 예를 들자면 현영, 박명수, 조혜련, 김구라 등 이름만 대도 우리가 알고 있는 성공한 연예인들을 꼽을 수 있다. 이들이 처음부터 비호감 캐릭터를 선호했던 것은 아니다.

대표적으로 현영의 경우 미인대회 출신으로 알려져 있다. 미인대회 출신 연기자로 처음 현영의 목표는 고급스러운 명품여배우였을 것이다. 그런데 생각대로 되지 않았고 오랜 무명생활 끝에 어느 예능 프로그램에 출현해 특유의 비호감(?)목소리와 거침없는 입담을 쏟아 내면서 말 그대로 한방에 떴다. 처음 현영이 알려지기 시작했을 때 '목소리가 듣기 싫다, 떡대가 크다, 너무 설친다.. ' 등등 이런 비호감 멘트들이 현영을 늘 쫓아다녔다. 화룡점정으로 그 목소리가 부르는 '누나의 꿈' 은 기이함과 코믹함으로 그 당시 큰 이슈가 되었다. 안티 팬도 더 늘어났고 그럴수록 방송가에서는 화제 거리가 되니 각종 프로그램에서 러브콜을 받으면서 왕성한 활동을 했다. 지금은 안티이미지에서도 벗어나 무명배우에서 안티전략으로 성공한 연예인다운 연예인이 된 케이스다. 위에 언급된 연예인들도 다 비슷한 하다. 워낙 지금 이름만 대도 누구나 아는 유명인들이 되었기 때문에 다들 잘 알 것이다. 방송가에서 신인이 성공하기가 얼마나 힘든지는 익히 알고 있지 않은가? 안티건 뭐건 일단 대중의 관심을 끄는데 성공했고 돈 잘 버는 유명인이 되면 성공한 것으로 보는 세상이다. 설정이 건 아니건 간에 안티이미지 전략이 제대로 먹힌 거다.

이런 안티팬은 이제 특정 드라마를 대상으로도 열심히 활동하고 있다. 옛날드라마와 최근드라마를 통틀어 가장 안티팬이 많기로는 아마 오로라공주가 독단적인 선두일 것 같다. 오로라 공주는 처음 시작할 때부터 막장드라마하면 상위권 순위에 당당히 손꼽히는 몇몇 드라마의 작가인 임작가가 극본을 맡았다는 것에서부터 이미 안티팬을 형성했다. 오로라 공주는 다른 일반적인 드라마와는 다르게 제작발표회에서 드라마 전개에 대한 특별한 메시지를 전달하지 않았다. 그럼에도 불구하고 드라마 시작 전부터 안티팬을 형성하고 있었다는 사실이 임작가의 파워를 증명한다.

이러한 반응은 곧 일단 초반 시청률은 보장이 된 셈이라고 보면 된다. 안티집단이 형성된다는 것은 즉 관심이 있다는 표현의 반증이기 때문이다. 대중매체에서 가장 무서운 건 안티가 아니라 무관심이다. 예상대로 첫 방송 시청률은 11%대를 웃돌았고 같은 시간 대 전작드라마의 첫 방송 시청률의 2배로 수준으로 순조로운 출발을 시작했다.

매회 방송 될 때마다 시청자 게시판에는 오로라공주를 비방하는 글로 도배가 되었다. 참 꼼꼼하게도 지적하는 걸 보면 분명 많은 사람들의 관심을 받고 있는 것은 확실하다. 전반적인 내용전개에 대한 불만부터 캐릭터 자체에 대한 비판, 제작상의 문제점, 심지어 대사하나하나 까지 공들여 꼬집어내는 내용들이 실시간으로 올라온다.

방송사 게시판뿐 만 아니라 오로라공주를 비방하는 단독 싸이트까지 여러 개 개설되어 있다. 기존 120회로 예정되었던 오로라공주가 인기와 작가의 의도에 따라 150회 연장방송이 결정되었다. 이로 그치지 않고 추후 연장이 논의되자 급기야 시청자들은 드라마 즉시종영, 연장반대를 위한 서명운동을 벌였다.

그런데 사실 생각해 보면 수많은 논란 속에서도 드라마가 연장되는 이유는 간단하다. 바로 시청계층이 존재하기 때문이다. 조기종영을 원한다면 무관심한 태도를 보이는 것이 가장 확실하고 효율적인 방법이다. TV매체의 특성상 인기가 하락하면 광고가 끊기게 되면 철저하게 이익을 추구하면서 시청률로 먹고사는 현 한국 방송사의 행태로 볼 때 굳이 연장의 필요성이 없어진다. 그런데 오로라공주의 경우 안티팬의 욕설과 비방기사, 퇴출서명운동이 포털사이트를 중심으로 연일 계속되고 있음에도 불구하고 조기종영의 기미는 전혀 보이지 않았다. 오히려 관심이 없던 사람들까지 대체 오로라공주가 어떻길래 이리들 시끄러운지 관심을 가지게 만들어서 방송매체가 가장 두려워하는 무관심 시청계층까지 끌어들이는 효과를 가져 왔다. 실제로 주변에 도대체 뭔지 궁금해서 한번 이상 봤다는 사람들을 심심치 않게 찾아볼 수 있다. 더구나 이들 대부분은 드라마 자체에 흥미가 없는 사람들이다.

이런 상황까지 왔다면 오로라공주의 인기는 조금 과장하면 안티팬이 책임졌었다고 볼 수 있다. 결국 안티팬도 팬인 것이다. 물론 오로라공주의 모든 시청계층이 안티팬이라고는 볼 수 없다. 다양한 취향을 가진 시청자가 있다. 같은 드라마를 보더라도 분명 누군가는 오로라공주를 정말 기가 막히게 재밌는 신선한 드라마로 극찬하면서 매일 방영시간을 오매불망 기다리고 있는 사람들도 많았을 것이다. 그러나 확실한 것은 오로라 공주에 대한 대세적인 반응을 미루어 짐작했을 때 임작가와 그녀의 드라마는 두터운 안티팬층을 형성하고 있었다는 것이다. 의도하던 의도하지 않았던 간에 결국 비호감 전략으로 안티팬들의 관심을 끌며 성공한 연예인과 같은 유명세와 인기를 얻게 된 것은 부인 할 수 없다. 심하게 말하면 오로라공주의 높은 시청률은 안티팬이 준 선물인 것이다.

열광의 중요한 이유, 몰입

현대 심리학에서 중요한 개념으로 〈몰입(flow)〉이라는 게 있다. 미하이 칙센트미하이라는 심리학자가 처음 제시한 이후 현재는 사람들의 집중, 행복 등등을 설명하는데 중요한 개념으로 사용되고 있다.

사람들은 어떤 업무나 대상에 대해 몰입하는 순간이 있다. 다른 것은 머리 속에 아무 것도 존재하지 않고, 단지 그 업무나 대상만이 머리 속을 점령하고 있다. 자기 자신은 자기가 지금 몰입하고 있다는 것을 인지하지도 못한다. 아무 생각 없이 그 일에 빠져들고 있는 것이다. 이 몰입을 쉽게 말하면 집중 상태이다. 어떤 한가지에 집중하고 있는 상태, 그래서 그 일만 하고 다른 일들은 전혀 고려되지 않는 상태이다. 일을 하다가 정신을 차려보니 이미 2시간이 지나있다, 놀다가 정신을 차려보니 이미 저녁 시간이 되었다 등등이 이런 몰입된 상태를 가르키는 일반적인 표현이다.

모든 사람들이 이 몰입 상태를 경험하는 것은 아니다. 어려서는 모든 사람들이 이 몰입 상태를 경험한다. 어린이들이 놀 때는 이런 몰입 상태에서 논다. 어린이들은 정말 하루 종일 논다. 같이 놀아주는 어른들은 1시간만 같이 놀아도 몸이 피곤해진다. 하지만 어린이들은 아무리 많이 놀아도 피곤해하지 않는다. 어른들이 시키는 일을 하기 싫어하고 금방 싫증내고 하지만, 자기들이 좋아하는 놀이를 할 때는 몇 시간을 놀아도 지겨워하지 않고 지치지도 않는다. 이런 상태가 몰입할 때 나타나는 현상이다. 지치지 않고 시간이 가는 걸 모른다.

하지만 어른이 되면 달라진다. 몰입 상태에 들어가는 것이 쉽지 않고, 몰입을 전혀 경험하지 못하는 사람들도 있다. 몰입상태로 들어간다 해도 모든 시간을 몰입 상태에서 지내는 것은 아니다. 밥 먹을 때 몰입하는 사람은 없다. 출퇴근을 하면서 몰입을 할 수 있는 것도 아니다. 몰입은 하루에 많아야 몇 시간 밖에 이루어지지 못한다. 하루에 8시간을 몰입할 수 있으면 거의 천재적인 사람이다. 대부분의 사람들은 하루에 한 두 시간도 제대로 몰입하기 힘들다. 이것도 무언가를 열심히 한다고 하는 사람들이 이 정도나마 몰입을 한다. 대부분의 사람들은 몰입을 해서 일을 하는 게 아니라, 그냥 평상시의 심리 상태에서 업무를 하고 있다.

몰입이 중요한 의미를 가지는 것은 두 가지이다. 하나는 몰입 상태에서 일의 능률성이 굉장히 높아진다. 공부를 한다고 하면 평상시 그냥 7-8시간을 공부하는 것보다 몰입해서 1-2시간 공부하는 것이 훨씬 더 효과가 있다. 기억도 오래 남고 이해도 더 잘된다. 그래서 공부는 얼마나 오래 공부했느냐가 중요한 것은 아니다. 얼마나 집중력 있게 몰입하면서 공부를 했느냐가 중요하다. 책상 앞에 하루 종일 앉아서 책을 보고, 하루 종일 학원에서 공부를 하는데도 성적이 오르지 않는 것은 몰입을 하지 않고 그냥 공부를 하기 때문인 것이다.

다른 하나는 몰입을 경험할 때 본인이 행복감을 느끼게 된다는 거다. 몰입을 하면 〈나는 행복하다〉라는 느낌이 드는 것은 아니다. 하지만 몰입을 자주 경험할수록 인생에서 느끼는 만족도, 행복감이 증가한다. 몰입은 자신의 두뇌를 전반적으로 다 사용하는 것이다. 자신의 최선의 능력을 다 발휘하고, 자신의 존재 전체를 대상에 퍼붓는 것이다. 몰입을 하다보면 자신에 대한 자신감도 높아지게 된다. 무언가에 대해 최선을 다한다는 게 어떤 것인지를 알게 되고, 삶에 대한 자신감도 가질 수 있다. 몰입을 경험하는 것은 인생에 대한 의미를 찾고, 행복감을 갖게 되는데 중요한 지표가 된다.

몰입은 일을 할 때, 취미 활동 등 뭔가 활동을 할 때만이 느끼는 것은 아니다. 예술을 대할 때도 몰입을 경험할 수 있다. 사실 예술이 인간을 풍요롭게 한다고 할 때 그 의미는 예술이 인간을 몰입에 빠져들게 할 수 있다는 의미일 것이다. 예술을 경험하는 것은 사람들에게 돈을 가져다주지 않는다. 오히려 돈을 소비하게 한다. 시간을 절약해주는 것도 아니다. 예술을 경험한다는 것은 시간을 소비해야만 하는 일이다. 예술은 돈도 쓰게 만들고 시간도 쓰게 만든다. 효율성을 따진다면 절대 남는 일이 아니다. 하지만 그럼에도 예술은 인간에게 중요하다고 한다. 그건 예술이 사람을 몰입에 빠져들게 하고 그래서 궁극적으로 인간을 만족감과 행복감에 빠져들 수 있게 하기 때문일 것이다.

미술 작품들을 볼 때 자기도 모르게 빠져드는 작품이 있다. 작품에 반하는 순간이다. 이러면 그 작품 앞에 서서 계속 그 작품을 바라보게 된다. 머리가 비는 느낌을 받으며 감동을 받는다. 보면 그냥 좋은 상태가 된다. 이렇게 감동을 받으면 그 작품은 뇌리에 남고, 또 사고 싶어진다. 미술 작품을 사는 사람은 나중에 작품 값이 오를거라고 생각해서 투자 목적으로 사는 사람들도 있지만, 이렇게 작품에서 감동을 느끼고 사는 사람들도 많다.

음악 작품도 마찬가지이다. 음악을 들을 때 카타르시스를 느끼게 하는 작품이 있다. 음악을 들으면서 우는 경우, 저절로 춤을 추게 되는 경우가 있다. 음악에 대해 몰입하게 되는 경우이다.

책도 마찬가지이다. 한번 손에 잡으면 중간에 멈추지 못하고 끝까지 읽어야 하는 책이 있다. 소설뿐만 아니라 논픽션 책의 경우에도 중간에 끊지 못하고 계속 읽어나가는 책들이 있다. 몰입을 주는 책인 것이다.

일반 사람들에게 어떤 예술 작품이 좋은 작품인가에 대한 기준은 분명하다. 보다 많은 사람들에게 몰입을 경험하게 해주는 작품이 좋은 작품이다. 전문가들은 예술작품을 판단하는 기준이 다를 수 있다.

새로운 시도를 하였다거나, 기존 작품들과 다른 기법을 도입하였다거나, 기존에 다루지 않은 주제를 다루었다거나, 붓 터치가 새로웠다거나 등등을 기준으로 좋은 예술 작품인가 여부를 판단한다. 하지만 좋은 예술 작품이 갖추어야 하는 최고의 기준은 몰입이다. 사람들을 몰입에 빠져들게 하는 작품이 최고의 작품이다. 그리고 나 자신에게 가장 좋은 예술 작품은 나를 몰입에 들어가게 하는 작품이다.

이런 몰입의 측면에서 볼 때 사람들이 오로라 공주에 열광하는 이유는 간단하면서도 분명하다. 오로라 공주는 보는 사람들을 몰입하게 만드는 특징이 있다. 그냥 드라마에 빠져서 드라마를 본다. 그리고 정신을 차려보면 드라마 한회 분이 끝나있다. 드라마를 보는 동안에는 그 드라마에 열중하게 된다. 드라마에 몰입하게 되는 것이다.

물론 오로라 공주를 보는 모든 사람들이 다 몰입을 하는 것은 아니다. 모든 사람들을 몰입하게 만드는 예술 작품은 없다. 세계에서 가장 훌륭한 회화작품 중 하나라는 〈모나리자〉를 보자. 모나리자가 그렇게 유명한 작품이지만, 막상 르브르 박물관 앞에서 모나리자를 보았을 때 감동을 받고 모나리자에 몰입하는 사람이 얼마나 될까? 대부분의 사람은 모나리자를 보았을 때 아무 감흥이 없다. 그냥 유명하다고 해서 보는거지, 모나리자를 보고 몰입에 빠지는 사람은 굉장히 적다. 하지만 그 정도의 사람이 몰입하게 만드는 것도 명작이기 때문에 가능한 것이다.

오로라 공주를 보았을 때 모든 사람들이 몰입하지는 않지만, 몰입해서 보는 사람들도 많다. 다음 회를 기다리고, 계속 보아야만 하는 사람들이 있는 것이다. 그렇기 때문에 20%가 넘는 높은 시청률이 나오는 것이다. 주말드라마도 아니고, 밤에 하는 드라마도 아니고, 저녁 일일 드라마가 이정도 시청률이 나온다는 것은 이 드라마에 몰입해서 보는 사람들이 많이 존재한다는 것을 뜻한다.

그럼 오로라 공주의 어떤 점이 사람들을 몰입하게 만드는 걸까? 몰입 이론에서 재미있는 점은, 어떻게 해야 내가 몰입을 할 수 있는지, 그리고 어떻게 해야 사람들을 몰입하게 할 수 있는지는 모른다는 점이다. 몰입을 하면 일의 능률성이 높아지고 행복감이 증가된다는 건 안다. 하지만 도대체 어떻게 해야 몰입을 할 수 있는지는 모른다. 작품을 어떻게 만들면 사람들이 몰입해서 보게 되는지도 모른다. 스토리가 좋아야 몰입이 되는 건 아니다. 배우가 좋아야 몰입이 되는 것도 아니다. 신기한 이야기, 독특한 이야기, 재미있는 이야기가 있어야 몰입을 할 수 있는 것도 아니다. 좋은 배우에 신기한 이야기, 재미있는 이야기, 독특한 이야기를 하는 드라마는 수두룩하게 많다. 하지만 사람들을 몰입하게 만드는 드라마는 적다. 몰입하기 위해서는 이런 것 외에 무언가 플러스 알파가 필요하다. 이 플러스 알파가 무언지는 아직 알지 못한다. 하지만 오로라 공주에 이 플러스 알파가 있다는 것은 분명하다. 그렇기 때문에 오로라 공주의 스토리가 그렇게 욕을 먹고, 배우들의 계속 하차해나가는 사태에도 불구하고 계속 사람들이 오로라 공주를 보고 있는 것이다.

인간의 뇌는 새로운 자극을 원한다

최근 들어서 크게 발달하고 있는 과학 분야가 있다. 뇌과학이다. 최근 한 20년 사이에 뇌 과학은 경천동지할 큰 변화를 하고 있다. 다른 모든 학문들에서 변화하는 것을 능가하는 변화가 뇌 과학에서 있었다. 그리고 이 뇌과학은 변화는 다른 모든 학문들에 많은 영향을 미치고 있다.

뇌과학이 활성화되고 큰 영향을 미치게 된 데는 뇌를 연구하는 방법이 새로 개발되었기 때문이다. 사실 몇 십 년 이전에는 뇌에 대해서 제대로 연구할 수 있는 방법은 없었다. 가끔 가다가 사고로 뇌의 일정 부분을 다친 사람들이 나왔다. 그런데 일정 부분의 뇌를 다친 사람들이 그동안 잘 해오던 어떤 기능을 더 이상 못하는 경우가 있다. 측두엽 부분을 다친 사람이 말을 잘 하지 못하게 되는 경우이다. 그러면 측두엽의 그 부분은 언어를 담당하는 부분이었구나라는 것을 알게 되는 식이었다. 살아있는 인간의 뇌를 해부할 수는 없는 일이었다.

그러던 것이 소위 MRI 기술이 발달하면서 모든 것이 달라졌다. MRI 기술은 몸의 내부를 촬영할 수 있는 기술이다. 몸의 내부를 촬영하면서 뇌의 내부도 촬영할 수 있게 되었다. 뇌가 활동하는 부분은 피가 더 몰린다. 이 혈류를 측정할 수 있게 되면서 뇌의 기능을 이해할 수 있게 되었다. 어떤 생각을 할 때 뇌의 어느 부분이 작동하는지를 알게 된다. 어떤 생각을 하고 움직일 때 뇌가 어떻게 작동하는지에 대해 알게 된다. 그렇게 뇌의 기능을 알게 되면서 새롭게 알게 된 사실이 하나 있다. 인간의 뇌는 새로운 것을 보고 경험할 때 잘 기능한다. 그리고 익숙한 것에 대해서는 잘 반응하지 않는다. 인간의 뇌는 자극을 좋아하는 것이다. 인간의 뇌는 새로운 자극을 계속 원한다. 익숙한 자극은 별로 좋아하지 않는다.

인간의 뇌는 새로운 것을 좋아한다. 그래서 사람들은 여행하는 것을 좋아하는 것이다. 여행을 하면 새로운 장소, 새로운 사람들, 새로운 쇼핑가, 새로운 음식, 새로운 환경을 경험할 수 있다. 주변의 환경 전체가 다 새로워진다. 그러면 뇌는 흥분한다. 뇌가 좋아한다. 새로운 것을 대하게 되어서 엄청나게 많은 자극을 받을 수 있게 되는 것이다.

새로운 음식점에 간다거나 새로운 사람을 만나는 것도 뇌가 자극되는 일이다. 여행을 가는 것만큼은 아니더라도 어쨌든 그동안 없었던 새로운 것을 하는 것이다. 뭔가 긴장되는 게 있고 흥분되는 게 있다. 뇌는 그런 자극을 즐긴다.

하지만 뇌는 자신이 경험한 것에 금방 익숙해진다. 뇌는 적응력이 빠르다. 새로운 것을 보면 흥분하고 자극을 받지만, 똑같은 것을 서너 번 계속 대하게 되면 금방 적응한다. 더 이상의 자극을 받지 않게 되고 흥분하지 않게 된다. 이전에는 자극이었던 것이 이제는 일상이 되어버린 것이다. 그러면 뇌는 또 다른 자극을 받기를 원한다. 뭔가 새로운 것을 다시 경험하기를 바라는 것이다. 그런 식으로 뇌는 계속 새로운 자극을 받기를 원한다. 뇌는 어린아이다. 어린아이가 새로운 것을 보면 금방 빠져들고 좋아하듯이 새로운 것을 찾는다. 그리고 어린 아이가 이미 오래 가지고 놀았던 장난감에는 더 이상 큰 관심을 보이지 않듯이, 뇌는 이미 익숙한 것에는 별 반응을 보이지 않는다.

사람들이 계속 새로운 영화를 보고, 새로운 소설을 읽고 새로운 드라마를 보게 되는 이유도 그 때문이다. 정말 좋은 작품, 감동을 받은 작품이라면 몇 번을 보아도 좋아야 한다. 하지만 아무리 좋은 작품이라도 두 번, 세 번까지는 볼 수 있을지 몰라도, 그 이상 보면 더 이상의 감동은 없다. 아무리 감동을 받은 작품이라 하더라도 그 정도가 되면 좀 지겨워진다. 더 이상 아무런 느낌을 받지 못하게 된다. 기존의 작품으로는 더 이상 아무런 자극을 받지 못한다. 이미 익숙해진 작품으로는 더 이상 뇌는 반응하지 않는다. 그러니 다른 작품을 봐야 하는 것이다. 다른 작품을 보아야 뇌는 새로 반응을 시작한다.

TV 드라마의 문제는 여기에서 시작된다. TV 드라마도 하나의 작품인 이상 계속 새로운 이야기를 해야 한다. 그런데 TV 드라마는 길다. 한편으로 끝나는 것이 아니라 수십 편의 이야기로 끌고 가야 한다. 보통 한국에서 월화 드라마, 수목 드라마는 16회에서 20회까지이다. 주말 드라마의 경우에는 40회, 50회 정도로 이야기가 진행된다. 이런 긴 이야기를 하는 동안 계속 뭔가 새로운 것을 보여주어야한다. 기존의 내용과 동일한 내용을 보여주면 더 이상 시청자들은 관심을 가지지 않는다. 비슷한 내용이 계속 되어도 시청자들은 더 이상드라마를 보지 않는다. 드라마가 진행되는 동안 계속해서 뭔가 새로운 이야기를 해주어야 하는 것이다.

16회 정도 진행되는 스토리는 그래도 괜찮다. 남녀 간의 문제라면처음 1회에는 등장인물을 소개하고 2-3회에는 등장인물들이 서로알게 되고, 그 다음에는 서로 친해지게 되고, 싸우고, 다투고, 사귀게되고, 헤어지고, 그리고 다시 만나고 등등의 이야기로 16회를 채워나갈 수 있다. 각 회마다 뭔가 새로운 전개가 이루어질 수 있도록 스토리를 구성할 수가 있다. 물론 16회 동안에 계속 새로운 이야기를 채워가는 것이 그렇게 쉬운 것은 아니다. 하지만 그래도 16회 정도는일반적인 상식에 따라 스토리의 기본 얼개를 꾸려나가는 것이 가능하다.

그런데 50회 이상을 끌고 나가야 하는 주말드라마는 이야기가 달라진다. 처음 만나고 친해지고 헤어지고 다시 만나고 하는 스토리 전개만으로는 50회 이상 새로운 이야기를 만들어내는 것은 불가능하다. 친했다가 싸우고 화해하고 식의 이야기만으로는 50회를 꾸려나

갈 수 없다. 앞에서 한 갈등 구도를 뒤에서 다시 반복할 수는 없다. 뇌는 다시 반복되는 이야기는 금방 안다. 더 이상 그 드라마에 대한 흥미를 잃어버린다. 한국의 드라마에 막장 드라마가 많다고 하지만, 사실 16회 드라마에서 막장으로 가는 경우는 드물다. 막장은 대부분 50회 이상 가는 주말드라마, 그리고 그 이상 100회 정도까지 가는 일일드라마에서 나온다. 50회 이상의 내용을 진행해야 하는데 같은 갈등 구조를 가지고 이정도의 분량을 끌고 갈 수는 없다. 계속해서 뭔가 새로운 갈등이 나와 주면서 새로운 스토리가 전개되어야 한다. 그래야 드라마가 계속 시청자들의 뇌를 자극하면서 드라마를 보게 한다. 하지만 일반적인 이야기만으로는 50회가 넘는 분량을 끌어갈 새로운 갈등 구조가 나오지 않는다. 그러다보니 일반적이지 않은 이야기로라도 갈등을 새로 만들어야 한다. 등장인물들이 모두 다 말도 안되는 이유로 싸우고 다투는 갈등구조를 만들어야 한다. 그래야 뇌가 좋아한다. 그래야 시청자들이 좋아하고 보는 것이다.

오로라 공주는 처음 기획할 때부터 100회가 넘는 일일 드라마였다. 120회에서 연장을 해서 150회까지 진행되었다. 이 기간 동안 드라마로서 계속 진행하기 위해서는 계속 자극적인 내용이 방영되어야 한다. 처음에는 가족 간의 일반적인 갈등으로 시작할 수 있다. 그런데 이 갈등이 해결되면 뭔가 또 다른 갈등이 나와주어야 한다. 한가지 갈등을 가지고 몇 십 회나 끌 수는 없다. 그러면 갈등에 익숙해진 시청자들의 뇌가 또 그 갈등에 익숙해지고 흥미를 잃는다. 갈등은 일정한 시간을 두고 해결되어야 하고, 그 다음에는 계속해서 새로운 갈등이 나와주어야 하는 것이다.

그런데 이게 쉽지가 않다. 인간들 사이에서 발생하는 갈등이란 게 그렇게 많지가 않은 것이다. 특히 등장인물이 고정된 드라마 속에서 인간관계에 대한 갈등은 한계가 있다. 하지만 계속 드라마는 갈등을 만들어내야 한다. 새로운 것을 계속 보여주어야 한다. 그래야 시청자들은 계속 그 드라마를 보게 된다.

좋은 의미든 나쁜 의미이든, 오로라공주는 계속해서 새로운 자극을 주는 데는 성공한 드라마다. 계속해서 사건이 발생하는데, 사람들이 상상하기 어려운 사건들을 계속 발생시킨다. 말도 안되는 스토리들이 전개되는데, 어쨌든 새로운 이야기이기는 한 것이다. 다른 드라마에서 볼 수 없었던 이야기들, 익숙하지 않은 이야기들, 그래서 뇌가 새로운 자극을 받을 수 있는 이야기가 이 오로라 공주에서 전개되었다.

오로라 공주는 전체적인 맥락에서 스토리는 엉망이다. 하지만 뇌가 좋아하는 것은 새로운 이야기이다. 특히 다른데서 보고 들을 수 없었던 처음보는 이야기를 좋아한다. 뇌는 좋은 이야기에 자극을 받지는 않는다. 앞뒤가 맞는 이야기를 뇌가 좋아하는 것도 아니다. 뇌는 단순하다. 새로운 이야기가 나오는 것을 좋아한다. 그래야 뇌는 자극을 받는다. 오로라 공주는 이 점에서는 성공적이었다. 그동안 다른 드라마들에서는 절대 볼 수 없는 스토리와 이야기 전개가 있었다. 좋은 이야기, 나쁜 이야기 구분은 제쳐두고, 어쨌든 뇌에 새로운 자극을 줄 수 있는 새로운 이야기는 계속 제시하였던 것이다. 그래서 새로운 뇌의 자극을 원하는 시청자들은 계속 오로라 공주를 보게 되는 것이다.

심리적 대리만족

현대 뇌과학이 새로 발견한 것 중 또 하나 중요한 것은 거울 효과이다. 거울 효과는 상대방의 감정, 느낌 등을 나도 똑같이 느낄 수 있다는 거다. 고통을 받는 사람이 있다. 나는 그 고통을 받는 사람을 지켜보기만 할 뿐이다. 고통을 받는 사람과 나하고는 직접적인 관련성이 없다. 하지만 그 사람의 고통이 나에게 전달될 수 있다. 나도 그 사람이 받는 고통을 똑같이 공감하고 괴로움을 느낄 수 있다.

고통만이 아니다. 상대방이 느끼는 즐거움, 만족도 마찬가지이다. 다른 사람이 즐거움을 느낄 때, 나도 똑같이 즐거움을 느낄 수 있다. 상대방과 공감하려고 하면 얼마든지 공감할 수 있다. 다른 사람이 느끼는 것을 거의 유사하게 나도 느낄 수 있는 것이다. 그것이 바로 거울 효과이다.

다른 사람의 감정을 나도 느낄 수 있다는 것은 예전부터 속담처럼 많이 이야기되어 왔다. 다른 사람이 아프면 주변 사람들도 괴로워하는 모습을 볼 수 있고, 어느 한 사람이 즐거워하면 주변의 다른 사람들도 즐거워하는 현상은 많이 있다. 그런데 이전에는 그런 현상이 단순히 옆에 있는 사람이 의식적으로 반응해서 그런 줄 알았다. 하지만 아니었다. 다른 사람의 뇌 속에서 어떤 반응이 일어나면, 그 사람을 지켜보는 사람의 뇌 속에서도 똑같은 반응이 일어난다. 다른 사람의 뇌 속에서 반응이 이루어지는 바로 그 지점이, 주변 사람의 뇌 속에서도 반응이 일어나는 것이다. 상대방과 똑같은 뇌의 장소에서 반응이 일어난다. 그래서 거울 효과인거다.

거울 효과가 드라마를 보는 사람에게 미치는 효과는 단순하면서도 분명하다. 드라마를 보는 사람들은 드라마 내에서 이루어지는 사람들의 감정을 그대로 느낄 수 있다는 것이다. 드라마 나에서 사람들이 즐거워하고 성공하고 하는 감정을, 드라마를 보는 사람도 같이 느낄 수 있다는 것이다. 드라마를 보는 사람들은 드라마 내 배우들이 만족하는 것을 대리 만족할 수 있다. 뇌과학이 밝혀낸 거울 효과가 말해주는 것이다.

사람들이 드라마를 보는 가장 큰 이유 중 하나는 바로 거울 효과로 인해 드라마가 시청자의 심리적인 대리만족을 충족시켜 주기 때문이다. 급속한 IT기술 발달은 이제 누구든 간에 몇 마디의 검색어만 입력하면 쉽게 정보를 찾을 수 있는 사회를 만들어 주었다. 더구나 한국은 IT강국으로 2013년 현재 초고속 인터넷 보급률 1위를 자랑한다. 그리고 인구 중 약 84%가 인터넷을 이용하고 있는 것으로 나타났다. 엄청나지 않은가? 한국이라는 작은 나라는 인터넷이라는 신기술을 짧은 시간에 받아들이면서 가뜩이나 작은 나라에 더 이상 비밀은 없는 것 같다. 정보기술의 발달은 분명 우리에게 혁신적인 편리함을 선물했다. 스마트폰 길 찾기 기능으로 이제 더 이상 길에서 헤매는 일이 없어졌고 오늘의 날씨도 즉각 즉각 확인할 수 있다. 그 뿐인가? 멀리 지인과도 각종 사진공유와 실시간으로 올라오는 상태메시지 확인이 가능해져서 직접 얼굴만 못 본다 뿐이지 바로 옆집에 사는 사람보다 더 가까이 있는 것 같은 착각을 들게 한다. 이것 말고도 편리함 점을 꼽으라면 다 셀 수가 없을 정도로 많다는 걸 인정할 수밖에 없다. 그런데 그만큼 나와 다른 사람을 비교하기도 쉬워졌다. 의도하건 의도하지 않건 간에 하루에도 수많은 정보가 자동으로 입력된다. 컴퓨터를 켜야만 뭘 해도 할 수 있는 세상 아닌가? 컴퓨터를 켜고 인터넷 창을 띄우면 포털싸이트에 매일 빼곡히 업데이트 된 정보가 그냥 보인다. 보려고 하지 않아도 그냥 보이도록 잘도 구성해 놨다. 좋은 소식만 보이면 좋으련만 봐서 기분 좋아질 소식은 상대적으로 많지 않다. 온통 자극적인 기사 문구와 각종광고가 시선을 끈다. 각종 SNS에서는 연예인들이 여행가서 찍은 셀카들과 명품으로 치장한 사진들이 족족 올라오고 지인들의 행복해 보이는 사진들로 가득 차 있다. 가지고 싶은 물건도 검색어만 누르면 사진에서 가격비교,

상품평까지 좌악 펼쳐진다. 그걸 보면서 애들이건 대학생이건 아저씨건 아줌마건 간에 나도 연예인처럼 멋있고 예뻐지고 싶고 한가롭게 해외여행도 다니고 애인도 사귀고 싶다. 광고하는 명품 옷, 명품 가방도 탐이 난다.

그런데 나는 그럴 수가 없다. 일단 외모부터가 연예인이 아니다. 연예인은 아무나 되는가? 아무리 성형기술이 발달했다 쳐도 부모로부터 물려받은 본판불변의 법칙이라는 말도 있지 않은가. 얼굴은 어떻게 된다 쳐도 바비인형의 쭉쭉 빵빵한 몸매는 노력해서 만들어지는데 분명 한계가 있다. 8등신의 비율은 타고 나야 되는 거니까. 그것 뿐 만이 아니다 심각한 경제난에 취직하기도 하늘에 별따기고 애들 학원비에 생활비조차 보장이 안되는데 무슨 해외여행이고 명품이냐. 돈이 없으니 연애할 엄두도 못 낸다. 이게 대부분의 평범한 한국 서민의 삶이다. 인터넷을 통해 남과의 비교가 너무 쉽게 가능해지면서 자신의 삶은 너무 초라해 보이기까지 한다.

먹고사는데 지장은 없지만 심리적으로 만족이 되질 않는다. 그런데 드라마를 보니 나 같은 평범한 사람이 갑자기 공주가 되기도 하고 왕자가 되기도 한다. 꼬여있던 인생이 술술 풀리며 단번에 신분상승을 하는 걸 보면서 나도 저렇게 될 날이 오겠지라는 일말의 희망을 가지며 대리만족을 하기도 한다. 그 반대도 마찬가지다. 모자랄 것 없어 보이는 재벌이 쫄딱 망해 비참한 삶을 산다거나 돈은 많지만 골치 아픈 문제로 고민하는 모습이 그려지면서 '사는게 다 거기서 거기다' 라는 위로감을 안겨 주기도 한다. 시월드로 마음고생 하던 아줌마가 드라마에서 얄미운 시어머니와 시누이들이 골탕 먹는 모습을 보고 통쾌함도 느끼고 바람 핀 남편에게 처절하게 복수해서 결국 무릎 꿇으며 빌게 만드는 여주인공을 보면서 비록 드라마일지언정 속이 후련하다. 대부분의 드라마는 권선징악의 구조를 가지고 있는데 살다보니 선한 것이 늘 승리하는 게 현실적으로 맞는 말인지는 모르겠지만 '선한 것은 언젠가는 승리한다' 라는 어릴 적 부터 학습 된 일반적인 인간의 심리를 충족시켜 주는 것은 확실 한 듯 하다.

오로라공주는 시청자가 얻고자 하는 대리만족을 충분히 충족시켜 주고 있다. 개연성이 떨어지고 막장논란이 계속되지만 고정적으로 드라마를 보는 사람이 오로라 공주를 보면서 만약 정말 불쾌감만을 느낀다면 버튼하나만 돌리면 다른 프로그램들이 넘쳐나는데 대체 왜 그 시간에 그걸 보고 있겠는가?

오로라공주의 인기비결 중에 하나는 말도 안 되는 비현실적인 설정일지언정 심리적인 대리만족감만은 확실히 충족시켜 주고 있기 때문이다. 먼저 오로라공주에서는 나오는 모든 집은 다 부자다. 물론 나중에 오로라네 집이 망하기는 했지만 극을 이끌어나가는 주연배우들은 다 부잣집의 마나님, 사장님, 왕자, 공주로 모든 면에서 고급스러운 생활을 한다. 이런 설정은 나의 현실은 비록 아니지만 드라마를 보는 동안만은 내가 마치 드라마 속 주인공들과 동일시되면서 재벌집의 가족이 된 듯 한 기분 좋은 착각 속에 빠져들 수 있다. 또한 극

중 주인공인 오로라는 말발에서는 누구에게도 지지 않는 캐릭터다. 못된 시누이들에게도 주눅 들지 않고 논리정연하게 할 말을 다하는 성격으로 결혼해 시누이 시집살이를 해본 사람들에게 통쾌한 심리적 대리 만족을 선사한다.

남주인공은 또 어떤가? 남주인공 황마마는 수려한 외모에 능력도 있고 집안도 부자다. 알고 보니 귀여운 면도 있다. 이런 남자가 세상에 존재하기는 하는 걸까? 어찌 되었던 남녀주인공의 로맨스를 보면서 여자들, 특히 이미 결혼해 더 이상의 기회조차 없는 아줌마들은 남주인공이 주는 훈훈함에 여주인공이 본인이 된 것 같은 환상 속으로 빠져든다. 퇴근하고 돌아온 남편이 들어오면 와장창 깨지는 환상이지만 그 순간만은 얼마나 즐겁겠는가. 더군다나 여주인공과 남주인공사이에서 삼각관계를 형성하는 또 한명의 완벽한 남자가 등장한다. 그것도 언제나 오로라만을 바라보고 지켜주는 그야 말로 제대로 된 백마탄 왕자인 극 중 설설희는 남주인공보다 더 인기 있는 아줌마들의 로망이다.

이런 로망들을 시청자들이 현실에서 경험하기는 쉽지 않다. 하지만 드라마에서는 이런 로망들이 나타난다. 그리고 이런 드라마를 보는 시청자들은 드라마 내에서의 로망을 같이 느낄 수 있다. 단순히 관객으로, 객관적으로만 보는 것이 아니다. 정말로 드라마 내의 로망에 공감을 하고 그 로망과 관련된 감정을 똑같이 느낄 수 있다. 현실에서 느끼기 어려운 감정을 드라마를 보면서 느낄 수 있는 것이다.

드라마는 그런 대리만족을 준다. 완벽한 로망을 제공해주는 오로라 공주를 보면서, 많은 사람들은 그런 로망을 직접 체감하는 거울 효과를 느끼고 있는 것이다.

05

우리
시대와
막장
드라마

한국에서 B급 문화만을 추구하는 이유는 간단하다.
그동안 근대의 한국 사회, 그리고 현재의 한국 사회는
문화 그 자체를 목적으로 한 적이 없기 때문이다.
A급 문화가 성장하기 위해서는 문화 그 자체가 목적이
되어야 한다. 작품의 예술성, 완전성, 그 순수한 가치를 추구할 때
A급 문화가 자리 잡을 수 있다. 대중의 시선이 어떻든 간에
작품 그 자체의 가치를 목적으로 하고 작품성과 예술성을
추구할 때 A급 문화가 자리 잡는다.

05장

우리시대와
막장드라마

ᴍ

드라마는 사회적 현상을 반영한다

드라마는 혼자 만드는 것이 아니다. 드라마가 만들어지기 위해서는 배우, 작가, PD, 그리고 촬영감독, 미술감독, 편집감독 등 보조연출자들이 있어야 한다. 드라마는 이렇게 드라마를 직접 만드는 사람들의 합작품이다. 하지만 이들만으로 드라마가 만들어지지는 않는다. 드라마는 방송국에서 만든다. 방송국에서는 최종적으로 어떤 프로그램을 제작할지 결정하고 관리하는 관리자가 있고 경영진이 있다. 프로그램 제작에 최종적인 결정을 하는 사람들은 이 사람들이다. 그리고 이 사람들은 단순히 작가와 PD가 드라마를 만들고 싶다고 해서 만들라고 허락하지는 않는다. 이 드라마를 과연 얼마나 사람들이 볼지, 제작비를 감당할 수 있을만큼 광고가 들어올지를 예측한다. 이렇게 드라마 시청률을 예측하기 위해서는 조사 기관의 도움을 받는다. 외부 조사기관이나 컨설팅의 보고서를 활용하기도 하고, 자체적으로 예상 시청률을 조사하기도 한다. 이렇게 예상 시청률을 파악하기 위해서는 시청자들의 특성을 알아야한다. 어떤 시청자들이 어떤 드라마를 좋아하고 또 직접 보는지를 미리 파악하고, 그 결과에 따라 드라마 제작 결정을 내린다.

그리고 경영진이 드라마 방영을 결정한다 하더라도 이 결정은 절대적인 것이 아니다. 중간에 얼마든지 변경될 수 있다. 그 드라마가예상보다 비용을 많이 잡아먹으면 내용을 조정하라는 요구를 하게된다. 드라마가 예상외로 시청률이 낮으면 원래 예정보다 더 조기 종영을 하기도 한다. 반대로 시청률이 높게 나오면 방영 회수를 연장하기도 한다. 경영진의 판단 기준은 개인적 가치관에 따라 여러 가지가있겠지만, 가장 중요한 것은 시청률과 그에 따른 광고 수익이다. 그리고 시청률과 광고 수익은 방송국의 경영진과 드라마 제작진이 스스로 결정할 수 있는 사항은 아니다. TV를 보는 시청자들, 그리고 광고 여부를 결정하는 기업들이다. 방송국의 경영진들과 제작진들은거의 우리나라 국민 전체에 해당하는 시청자들, 그리고 광고 여부를결정하는 기업들을 바라보고 드라마를 만드는 것이다. 그런데 광고를 결정하는 기업들은 결국 시청률, 고객 집단을 보고 광고 여부를판단한다. 자기가 고객으로 삼는 사람들이 많이 그 프로그램을 보면광고를 결정하고, 자기 잠재 고객들이 그 프로그램을 보지 않으면 광고를 게재하지 않는다. 결국은 시청자들이다. 드라마를 만들고 제작하는 사람들이 바라보는 건 시청자들이다.

지금 한국에서는 거의 모든 집에 TV가 있다. 수험생이 있는 집, 원룸 등에는 TV가 없는 경우도 많다. 하지만 거의 대부분의 집에는 TV 수상기가 있다. TV가 없다 하더라도 실질적으로는 인터넷 등을 통해서 자기가 좋아하는 프로그램을 본다. 그렇다는 말은 실질적으로 TV 시청자들은 국민 전체라는 뜻이다. 방송국을 경영하는 사람, 드라마를 제작하는 사람들은 국민 전체를 고려하면서 드라마를 만든다. 한국의 국민들이 어떤 이야기를 좋아하는지, 어떤 드라마를 방영할 때 좋아하고 시청을 할지를 계속 검토하면서 드라마를 만든다. 직접 드라마에 출연해서 연기하는 배우, 드라마 대본을 쓰는 작가, 드라마를 연출하는 PD 등은 시청률에 신경을 쓰지 않고 좋은 연기를 하는 것, 좋은 작품을 만드는 것 그 자체를 목적으로 삼을 수 있다. 하지만 최소한 경영진은 그렇지 않다. 드라마를 직접 만드는 작가와 배우들은 작품 그 자체가 중요할 수 있다. 하지만 경영진에게 드라마는 단지 상품일 뿐이다. 그 작품이 사람들에게 얼마나 보여지는지, 그리고 그에 따라 드라마의 비용과 수익이 얼마나 되는지가 더 중요하다. 경영진은 시청자들을 계속 바라보아야 하는 것이다.

그리고 경영진의 의사결정과 제작진의 의사결정이 서로 부딪히면 경영진의 의사결정이 더 우선이다. 방송국도 회사이다. 회사에서는 실무를 뛰는 직원들의 의사결정보다는 경영진의 의사결정이 훨씬 더 중요하다. 드라마가 제작되느냐 마느냐, 연장하느냐 마느냐 등 드라마의 운명을 결정하는 것은 경영진의 의사결정이다. 그리고 시청률을 중요하게 생각하는 경영진들은 계속 시청자들을 보고 판단한다. 시청자들이 좋아하는 드라마는 방송을 하고, 연장을 한다. 하지만 아무리 제작진들이 좋은 작품이라고 생각하는 드라마라 하더라도 시청률이 나오지 않아 손해를 보는 드라마는 방영하지 않는다. 그게 회사의 논리인거다.

결국 드라마의 방영을 결정짓는 것은 시청자들이다. 어떤 시대에 한 드라마가 히트를 쳤다는 것은 그 시대의 사람들이 그 드라마를 좋아했다는 뜻이다. 반대로 드라마가 방영은 되었는데 보는 사람이 거의 없는 드라마가 있다. 시청률이 낮아서 망한 드라마이다. 이런 드라마는 경영진과 제작진은 인기 있을 것이라고 생각해서 제작하였지만, 막상 시청자들은 좋아하지 않았다는 뜻이다. 기획은 되었지만 아예 방영되지 않는 드라마가 있다. 이런 드라마는 경영진과 제작진조차도 시청자들이 좋아할 것이라고 생각하지 않았던 드라마들이다. 어떤 드라마가 만들어지고 그 드라마가 히트를 쳤다는 것은 경영자도, 제작진도, 그리고 시청자들도 모두 한마음으로 그 드라마를 인정했다는 뜻이다. 그 시대의 사람들이 모두 그 드라마를 모두 좋아했다는 뜻인 것이다.

히트친 드라마는 그 시대의 사람들이 좋아했다는 것을 의미할 뿐이지, 그 드라마가 질적으로 우수하다는 것을 말하지는 않는다. 드라마 중에는 시대를 불문하고 언제 보아도 내용이 좋은 드라마가 있다.

1990년대에 히트친 드라마를 지금 VOD나 DVD로 다시 보면, 지금 보아도 내용이 좋고 재미있는 드라마가 있다. 이런 드라마는 정말로 좋은 드라마이다. 1990년대 사람들도 좋아하고, 2000년대 사람들도 좋아하고, 2010년대 사람들도 좋아한다. 이런 드라마는 질적으로도 우수한 정말 좋은 드라마들이다. 그런데 1990년대에는 분명 대 히트를 쳤다고 하는데, 지금 처음 보는 사람들은 전혀 재미를 느끼지 못하는 드라마가 있다. 이런 드라마가 왜 그때 히트를 쳤는지 이해하기 어려운 드라마가 있다. 이런 드라마는 드라마 그 자체가 좋은건 아니다. 질적으로 아주 뛰어난 드라마는 아니었지만, 1990년대 사람들의 정서에 맞았기 때문에 1990년대에만 히트를 치게 된 것이다.

드라마라는 것은 그런 식으로 그 시대 사람들의 정서를 반영한다. 드라마가 만들어지고 히트를 쳤다는 것은 그 시대의 사람들이 그 드라마를 좋아할만한 정서를 가지고 있었다는 뜻이다. 경영진도, 제작진도, 시청자들도, 광고주들도 그 시대에는 그 드라마를 좋아할만한 사회적인 심리상태에 있었다는 뜻이다. 그래서 히트친 드라마는 그 시대를 반영한다. 시청률이 낮은 드라마는 그 시대의 현상을 조금만 반영할 수 있을 뿐이다. 제작진과 경영진의 생각은 반영하지만, 시청자들의 생각은 잘 반영하지 못한다. 하지만 히트친 드라마는 그 시대의 제작진, 경영진, 시청자 모두의 일반적인 사회적 현상과 심리 상태를 반영한다고 봐야 한다. 그렇지 않으면 절대 드라마가 히트를 칠 수 없다.

이렇게 시대를 반영하는 것은 드라마만은 아니다. 히트한 문화 상품들은 다 그런 측면을 가지고 있다. 영화, 연극, 노래, 미술 작품들이 모두 다 그렇다. 가요의 경우, 1980년대 히트한 노래들을 지금 들어보면 모두 슬픈 멜로디들이다. 좀 신나는 노래인 것 같아보여도, 템포를 늦게 부르면 다 슬픈 노래들이다. 2010년대에는 절대 히트칠 수 없는 노래들인 것이다. 그런데 1990년대 노래들은 분위기가 달라진다. 신나고 빠른 멜로디가 많다. 지금 새로 나와도 히트칠 수 있는 노래들도 많이 있다. 1980년대의 우리 사회는 군사정부 시대였다. 1987년에 대통령 직선이 있었고, 1990년대부터 군사 정부의 독재 시대 분위기를 잘 모르는 애들이 대학생이 되기 시작했다. 1980년대의 노래들과 1990년대 노래들은 다르다. 이 노래들은 그런 식으로 그 시대의 분위기를 이야기하고 있다.

오로라공주도 마찬가지일거다. 오로라공주는 엄청난 욕을 먹은 드라마이다. 하지만 오로라 공주가 실패한 드라마인가 하면 절대 그렇지는 않다. 작품 측면에서는 실패했다고 할 수 있을 것이다. 하지만 드라마 그 자체로서는 대성공한 드라마이다. 시청률이 20%가 넘게 나온 드라마이다. 일일드라마로서 시청률 15%가 넘으면 훌륭한 성적이다. 그런데 오로라 공주는 20%가 넘고 있다. 오로라공주는 이 시대의 성공한 드라마이다. 그렇다는 이야기는 오로라 공주는 이 시대의 현상과 이 시대 사람들의 마음을 움직이는 무언가가 있다는 이야기이다. 이 시대를 반영하는 무엇, 이 시대의 시청자들이 좋아하는 무언가를 가지고 있는 드라마라는 것이다. 좋건 싫건, 오로라 공주는 지금 이 시대를 반영하는 무언가를 가지고 있다. 그게 무엇인가를 살펴보자.

우리 시대의 대세? B급 문화

문화에는 A급 문화가 있고 B급 문화가 있다. 이런 구분은 명시적이고 공식적인 것은 아니다. 그리고 B급 문화라는 말은 많이 하지만, A급 문화라는 말은 거의 하지 않는다. 일반적으로 사회에서 문화 예술이라고 지칭할 때 의미하는 문화 예술의 개념이 있다. 이때 문화 예술은 무언가 고급스럽고, 중요하며, 작품이라는 느낌을 준다. 하지만 현실적으로 사람들이 즐기는 문화이기는 하지만, 고급스럽지 않고 작품이라고 말하기 어려운 문화들도 존재한다. 뭔가 저속한 느낌도 있고, 예술로서 가치를 인정하기는 어려운 문화들이다. 이런 문화들을 B급 문화라고 말한다. 사회에서 일반적으로 인정하는 문화에 대한 서브 개념이다. 일반적으로 우리가 문화라고 부르는 것에 무언가 미치지 못하고 하위 개념으로 보이는 것을 가르키는 말이다.

한국은 지금 세계에서 한류 열풍을 일으키고 있다. 처음에는 중국, 일본, 동남아 등 한국의 주변 지역에서 유행하던 한류가 이제는 동아

시아를 벗어나 세계적으로 나아가고 있다. 프랑스에서도 K팝을 부르고 춤을 따라 추는 사람들이 있다. 남아메리카에서도 한국 배우들을 알고 한국 노래들을 즐기는 사람들이 나온다. 2013년 11월에 방영을 시작한 〈꽃보다 누나〉에서는 출연진들이 터키 이스탄불을 들른다. 그런데 이승기가 이스탄불 공항에 나서자 이승기 터키 팬들이 기다리고 있다. 비행기가 새벽 4시에 도착했는데, 그 시간에 터키의 여인들이 꽃을 들고 이승기를 맞이하러 기다리고 있는 것이다. 터키는 이슬람교를 믿는다. 여자들이 사회 활동이 제약된 사회이고 히잡을 쓰고 다닌다. 그런데 새벽 4시에 팬들이 터키 공항에 나와 이승기를 맞이하고 있는 것이다. 이정도면 한류는 정말 세계적으로 인정받는다고 봐야 한다. 문화적으로 분명한 한 줄기를 형성하고 있는 것이다.

그런데 문제는 현재 세계에서 인정받고 있는 한류 문화가 A급이냐 B급이냐이다. 암묵적으로 문화의 세계에서는 A급 문화와 B급 문화의 구분이 있고, 차별이 있다. 한국의 한류 문화는 엄청난 기세를 보이고 있다. 그런데 한류 문화는 A급 문화인걸까 B급 문화인걸까? 그에 대한 대답은 어렵지 않다. 좀 안타깝기는 하지만, 한류 문화는 B급이다. 현재 한국에서 사람들이 즐기고 있는 문화, 세계적으로 파급되는 한류 문화는 B급 문화다. 대중들이 좋아하고 즐기기는 하지만, 문화 전문가들이 예술로서의 가치, 작품으로서의 가치는 잘 인정하지 않는 B급 문화인거다. 지금 당장은 사람들에게 인기를 얻고 있지만, 과연 후세에서도 지금 이 문화를 가치 있는 것으로 판단할지, 이 인기가 장기적으로 유지될지 확신할 수 없는 B급 문화인거다.

2012년에 한류에서 가장 이슈가 되었던 것은 싸이의 〈강남 스타일〉이다. 강남 스타일 뮤직 비디오와 노래, 음악은 정말로 세계적으로 히트를 쳤다. 본인 같은 경우에도 싱가폴, 홍콩, 유럽 등의 지인들이 강남 스타일을 알고 강남 스타일에 대해서 물어보곤 했다. 한국 사람들이야 서울의 강남이 무얼 의미하는지, 무얼 상징하는지 다 알고 있다. 하지만 외국인들은 강남이 무언지 잘 모른다. 서울의 한 지역 이름이라는 것도 모르고, 강남이 무엇을 의미하는지도 모른다. 그래서 강남 스타일이 무얼 의미하는지 직접 묻곤 했다. 서울에 출장을 오면 강남역에 들려 〈Gangnam station〉 이라고 적혀있는 간판 앞에 서서 사진을 찍고 갔다. 강남 스타일의 말춤과 강남이라는 말 자체가 세계적으로 퍼져나갔다. 한국인은 이러한 강남스타일의 세계적 히트를 자랑스러워했다. 한국 문화가 세계로 뻗어나가는 상징으로 강남 스타일을 보았고, 외국인들이 강남 스타일을 따라부르고 춤추는 것을 긍정적으로만 보았다.

그런데 어떤 외국인이 이런 말을 했다. 그 외국인은 세계에 한국의 우수한 점을 알리려고 노력해온 사람이다. 한국이 그동안 경제발전을 이루었고, 민주주의 사회를 이루었고, 또 독특한 문화유산을 가지고 있다는 것을 세계에 전달하려고 한 사람이었다. 그 사람 입장에서 강남 스타일의 대성공은 긍정적인 것이 아니었다. 오히려 그동안 그 사람의 노력에 찬물을 끼얹는 일일 수 있었다.

그 외국인은 한국의 문화가 신비스럽고 고급스럽고, 가치 있는 문화라는 것을 알리려 했다. 그런데 전 세계 외국인들이 강남 스타일을 알게 되었다. 이제 외국인들은 한국하면 강남 스타일을 떠올린다. 강남 스타일의 말춤과 멜로디를 떠올린다. 그런데 외국인 사이에서 강남스타일의 말춤은 전형적인 B급 문화이다. 인기도 있고 인지도도 높다. 하지만 강남스타일의 말춤은 어디까지나 B급 문화이다. 한국의 A급 문화를 잘 알고 있는 상태에서 B급 문화가 전파된다면 그건 괜찮다. 하지만 외국인들이 한국의 A급 문화를 거의 알지 못하는 상태에서 B급 문화만 알게 된다면 한국의 이미지는 이 B급 문화로 고착화된다. 이 외국인은 그래서 강남 스타일의 대유행을 긍정적으로 보지 않았다.

사실 A급 문화인가 B급 문화인가를 구분하고 차별하는 것 자체가 옳지 않은 일일 수 있다. 하지만 이 사회에서는 A급 문화와 B급 문화를 구분하고, 그에 따라 별도의 잣대를 가지는 것은 분명한 사실이다. 그리고 A급 문화와 B급 문화를 구분할 때, 지금 한국의 대중 문화는 분명 B급이다. 특히 한국 사람들이 좋아하고 즐겨보는 드라마는 더욱 더 B급의 특성을 지니고 있다.

오로라 공주는 전형적인 B급 문화의 상징이다. B급 문화는 고급스러움을 지향하지 않는다. 작품성을 지향하지 않는다. 장기적으로 예술성이 인정되는 것도 바라지 않는다. 단지 지금 현재 대중들에게 즐거움을 주는 것을 목적으로 할 뿐이다. 지금 현재의 고객들이 보고 즐거워하면 되는 것이다. 그게 B급 문화가 지향하는 것이다.

오로라 공주에 대해 많은 비판들이 있다. 가장 대표적인 것이 '앞뒤 스토리가 맞지 않는다', '스토리의 개연성이 없다', '현실성이 없다', '전체적인 맥락이 맞지 않고 전체적인 시놉스가 없다', '작품성이 없다', '시청률에만 신경 쓴다' 등등이다. 그런데 사실 이런 비판들은 A급 문화를 대상으로 할 때나 적정한 것들이다. A급 문화에서는 앞뒤가 맞아야 한다. 소설이든 드라마든 전체적인 틀이 맞아야 하고, 앞에서 하는 이야기가 뒤에서 하는 이야기와 연결이 되어야 한다. 특히 앞에서 별로 중요하지 않게 언급되었던 것들이 뒤에서 중요한 실마리로 작용할 때 그 작품은 복선이 깔린 훌륭한 작품으로 인정한다. A급 문화에서는 단기적인 가치가 아니고 장기적인 가치를 추구하기 때문에 지금 시청률이 낮아도 된다. 현실을 잘 반영하고 지향점이 있어야 한다.

그런데 B급 문화에서는 그런 것들이 필요 없다. 왜 앞뒤 스토리가 맞아야 하나. B급 문화에서는 스토리를 그때 그때 쓰는 것이지, 전체적인 스토리를 미리 정해놓고 풀어나가는 것이 아니다. 세계적으로 가장 대표적인 B급 문화인 일본의 망가, 애니메이션을 보자. 일본의 망가는 처음 3-4회의 스토리, 1달분의 이야기만 확정하고 연재를 시작한다. 그리고 인기가 있으면 계속 스토리를 새로 만들어간다. 그러다 히트를 치면 10년이 넘는 장기 작품이 되는 것이다. 일본의 망가에는 10년 넘게 연재되고 세계적으로 히트한 작품들이 넘쳐난다. 하지만 그 모든 작품들은 처음에 한달 간의 스토리를 가지고 시작을 했다. 그 이후에는 모두 그때 그때 스토리를 만들어나가는 것이다. 그래서 앞과 뒤의 이야기가 전혀 달라지는 경우가 많다. 아니, 그럴 수밖에 없다. 애초부터 완결된 스토리를 갖고 시작하고, 주어진 목적을 가지고 일관성 있게 진행되는 게 아니기 때문이다.

B급 문화를 가지고 작품성, 예술성, 일관성을 요구하는 건 그 자체가 모순이다. 원래 B급 문화는 그런 걸 추구하지 않는다. 그리고 한국의 현재 대중문화는 철저히 그런 B급 문화를 즐기고 있는 중인 것이다.

오로라공주의 스토리가 일관성을 가지고 현실성을 가져야 한다고 비판하는 사람들은 일일 드라마를 A급 문화의 잣대로 평가하는 것이다. 하지만 일반 사람들이 일일 드라마에 요구하는 것은 A급 문화로서의 가치가 아니다. 일반 대중은 일일 드라마에서 B급 문화로서의 스토리를 원한다. 오로라 공주는 그런 B급 문화로서 갖추어야 할 스토리와 시놉스를 제대로 보여주고 있다. 전체적인 줄거리는 생각하지 않고 그냥 그때 그때 재미를 줄 수 있는 내용으로 스토리를 이어나가고 있는 것이다. 한국의 대중문화가 지금 A급 문화에 적정한 사회라면 오로라 공주는 절대 히트칠 수 없었을 것이다. 아니, 오로라

공주가 처음부터 제작될 수도 없었을 것이다. 하지만 지금 한국의 대중문화는 B급 문화를 추구하고 이에 가치를 두는 사회이다. 그렇기 때문에 오로라 공주는 A급 문화의 잣대에서 그 많은 비판을 받으면서도 높은 시청률을 보이며 히트칠 수 있는 것이다.

왜 현재 한국은 B급 문화를 추구하나

현재 한국의 대중 문화는 B급이 절대적으로 우세하다. 그렇다면 왜 한국의 대중문화는 B급이 절대적인 우위를 보이는 걸까? 어느 나라든 대중문화는 B급이 더 우세한 것이 일반적이기는 하다. 하지만 한국은 B급이 A급 문화보다 더 우세하다는 정도를 넘어서, 거의 B급 문화 밖에 존재하지 않는 형국이다. 문화는 B급 문화가 전부인 것처럼 여겨지고, B급 문화가 원래 문화인 것처럼 여겨질 정도이다. 돈과 상관없는 A급 문화, 대중의 인기에 영합하지 않는 A급 문화, 순수히 예술적인 가치만을 추구하는 A급 문화는 아주 극소수의 사람들만이 관심을 가질 뿐이다. 비상업적 예술 영화나 드라마는 아예 극장에서 거의 상영되지도 않고 TV에서 방영되지도 못한다.

한국에서 B급 문화만을 추구하는 이유는 간단하다. 그동안 근대의 한국 사회, 그리고 현재의 한국 사회는 문화 그 자체를 목적으로 한 적이 없기 때문이다. A급 문화가 성장하기 위해서는 문화 그 자체가 목적이 되어야 한다. 작품의 예술성, 완전성, 그 순수한 가치를 추구할 때 A급 문화가 자리 잡을 수 있다. 대중의 시선이 어떻든 간에 작품 그 자체의 가치를 목적으로 하고 작품성과 예술성을 추구할 때 A급 문화가 자리 잡는다. 좋은 영화를 만드는 것 그 자체, 좋은 드라마를 만드는 것 그 자체, 좋은 책을 쓰는 것 그 자체, 좋은 음악을 만드는 것 그 자체에 초점을 두어야 한다. 그럴 때 A급 문화가 형성이 되고, A급 문화의 시각에서 작품이 해석이 되며 평가를 받는다.

그런데 근현대의 한국 사회, 그리고 현재의 한국 사회는 문화 그 자체에 목적을 둔 적이 없다. 한국이 일본으로부터 광복을 이룬 1945년 이후부터 지금까지를 살펴보자. 1945년 이후 1960년대 초반까지는 국가를 새로 세우는 것이 목적이었다. 1948년도에 대한민국을 출범시키고, 1950년에는 6.25 전쟁이 발생했다. 1953년도에 전쟁이 끝나고 나서는 전후 복구가 가장 큰 문제였다. 먹고 사는 것 그 자체가 어려웠고, 보릿고개가 있었다. 이때는 일단 먹고 사는 것, 그리고 국가 체제를 만드는 것 자체가 목적이었었다.

1962년 이후 1979년까지 박정희 시대에는 경제발전이 최우선 목표였다. 국가의 모든 시스템과 노력이 경제발전에 초점을 두었다. 어느 정도로 경제발전에 목적을 두었는가하면, 박정희에 대해 반대하는 반체제 인사였다 할지라도 수출을 하기 위해 외국에 나간다고 하면 해외에 나가는 것을 허락할 정도였다. 당시에는 해외에 나가는 것이 국가의 허가 사항이었다. 반체제 인사가 해외에 나가는 것은 불가능했다. 그런데도 반체제 인사가 수출을 해서 외화 획득을 하기 위해 외국에 나간다 하면 여권이 나왔다.

1980년대에는 사회가 민주화 운동에 모든 신경이 쓰여 있었다. 1990년대에는 김영삼 시대에는 OECD국가에 가입할 수 있도록 선진국이 되는 것이 최우선이었다. 1997년 이후에는 IMF 경제위기를 극복하는 것이 국가적 과제였고, 2003년 이후에 이제 좀 살게 되나 싶었더니 2008년 세계금융위기를 맞는다.

지난 몇 십 년 동안 한국에서는 굶어죽지 않기, 잘살아보기, 선진국처럼 살기, 경제 위기에서 벗어나기를 위해서 살아왔다. 빵을 위해서 살아온 것이다. 인생은 빵만으로 살 수 없다고 했다. 하지만 일단 빵을 먹게 된 이후에 빵 말고 다른 것들을 찾는다. 일단 빵을 먹고 나서 문화를 생각한다. 하지만 지금까지 한국은 계속 빵을 먹는 것만을 생각하며 살아왔다. 개인적으로는 빵보다는 문화를 생각하고 살아온 사람들도 많다. 하지만 국가 전체적으로는 항상 빵이 최우선이었다. 한국 사회 전체적으로는 어떻게 빵을 구할까, 어떻게 빵을 더 많이 먹을 수 있을까, 어떻게 하면 더 좋은 빵을 먹을 수 있을까만을 생각하며 살아온 것이다.

지금 현재 사람들 사이에서 가장 문제되는 것은 복지이다. 그동안은 성장만을 위해서 살아오다보니 빈부 격차가 커지고 가난한 사람들이 많아졌다. 그래서 가난한 사람들을 위해서 복지 정책을 더 늘리고 복지 제도를 제대로 만드는 것이 사회의 주된 이슈이다. 사회가 성장 중심의 사회에서 복지 중심의 사회로 변동되고 있는 추세이다. 하지만 빵과 문화라는 입장에서 보면 복지도 어차피 빵의 문제이다. 빵을 어떻게 분배할까, 지금 빵이 부족한 사람들에게 어떻게 하면 빵을 더 많이 줄 수 있을까의 문제이다. 성장과 발전을 중시하느냐, 복지를 중시하느냐의 문제는 문화 측면에서 보면 비슷한 이야기일 뿐이다. 어떤 것이든 문화에는 눈을 잘 주지 않는 것이다.

근대 이후 한국 사회에서 문화는 한 번도 사회적으로 우선순위가 된 적이 없다. 항상 경제 문제의 하위 수준이었다. 일반 사람들도 마찬가지이다. 사람들은 돈을 많이 벌기를 원했다. 출세하기를 바랐다. 사람들은 출세를 하기 위해서 노력을 하고, 높은 지위를 얻기 위해서, 아니면 돈을 많이 벌기 위해서 노력을 했다. 가끔가다 문화적으로 좋은 작품을 만드는 것을 목적으로 하는 사람이 나오기는 했다. 하지만 이런 사람들은 높은 평가를 받지 못했다.

좋은 작품을 만들어서 히트를 치고, 그래서 돈을 많이 벌게 되면 그때는 높은 평가를 받았다. 하지만 좋은 작품을 만들었지만 돈은 벌지 못하면 사회적으로 알아주지 않았다. 이건 좋은 작품 그 자체가 평가 기준이 아니라는 이야기이다. 돈과 지위가 진실한 평가 기준이었던 것이고, 좋은 작품은 단지 수단이었을 뿐이다. 좋은 작품을 통해서 돈과 지위를 얻는 것이고, 돈과 지위 때문에 사회적으로 높은 평가를 받게 되는 것이다. 중요한 것은 돈과 지위인 것이고, 좋은 작품은 단지 수단에 불과한 것이다.

이와 같이 현대 한국 사회에서 문화는 항상 수단적인 존재였다. 문화가 목적이 되지 않고 수단적인 존재이다. 문화는 그 자체의 가치를 위하여 존재하는 것이 아니고, 무엇인가에 이용되기 위해서 필요한 수단이었다. 국가적인 차원에서는 문화 발전을 위해서 많은 노력을 했다. 돈도 많이 투여되고, 세계에 알리고자 하는 노력도 많이 했다. 하지만 이것은 문화 그 자체를 위해서 한 것이 아니었다. 한국의 문화를 외국에 소개해서 한국의 위상을 높이고자 한 것이었다. 한국의 이미지를 좋게 하고, 한국의 위상을 높게 하여 궁극적으로 한국의 국가 경쟁력을 높이기 위해서 한국 문화를 외국에 소개해온 것이다. 문화는 어디까지나 한국의 국가경쟁력을 높이기 위한 수단이었을 뿐이다.

기업들도 문화 활동을 많이 했다. 하지만 이것도 문화 그 자체를 위한 것은 아니다. 기업의 홍보를 위한 수단이었을 뿐이다. 기업의 자금이 풍부하면 문화에 대한 지원도 많았지만, 기업이 어려워질 때 가장 먼저 지출을 줄이는 쪽은 문화 부문이었다. 문화는 어디까지나 기업의 수익 활동을 돕고 보조하는 수단인 것이지, 그 자체가 목적은 아니었던 것이다.

일반 대중의 입장에서도 문화는 그 자체가 아니라 수단일 뿐이다. 보통 사람들이 신경 쓰고 있는 것은 어떻게 돈을 벌 것인가, 어떻게 직장에서 업무를 잘 수행해서 승진할 것인가, 가정을 어떻게 꾸려나갈 것인가이다. 그런데 이런 것만 하루 종일 생각하면 피곤하다. 무언가 몸과 마음이 휴식할 곳이 필요하다. 휴식을 취하기 위해서 찾는 것이 한국의 대중문화이다. 한국의 문화는 문화 그 자체가 목적이 아니다. 한국 사람들은 주로 경제 활동과 빵을 위해서 노력을 하고 있다. 그 중간에 이를 위한 휴식으로서 가치를 가지는 것이 문화이다. 한국의 문화는 몸과 마음을 휴식하기 위해서 잠시 몸을 담그는 수단적인 존재인 것이다.

집에서 드라마를 본다고 하자. 드라마 자체가 목적이라면 드라마의 줄거리, 앞뒤 이야기, 전개의 타당성과 진실성이 중요한 문제가 된다. 드라마의 예술성과 작품성, 드라마로서의 가치가 중요한 평가 기준이 된다. 하지만 드라마가 목적이 아닌 수단이라면 이야기가 달라진다. 수단으로서의 드라마는 자기가 일을 하다가 중간에 휴식을 하는데 필요한 존재일 뿐이다. 휴식을 하기 위해서는 생각을 하지 않고 늘어지는 것이 필요하다. 재미가 필요하고, 그동안의 정신적 긴장에서 벗어나 마음을 이완시키고 감정에 충실할 수 있는 무언가가 필요한 것이다. 이때는 절대 A급 문화가 필요하지 않다. B급 문화만이 자신의 필요를 충족시켜줄 수 있다. B급 문화가 수단적인 가치를 충실히 보완해줄 수 있는 것이다.

한국은 현재 B급 문화를 중시하는 사회이다. B급 문화가 압도적으로 중요한 사회라는 것은, 현재 한국 사람들이 문화 그 자체보다는 다른 쪽에 모든 관심이 쏠려 있다는 것을 말해준다. 중년 남성들은 정년까지 직장에서 계속 일을 하는 것이 주된 목적이다. 중년 여성들은 부족한 돈으로 가계를 꾸려나가고 자녀들을 좋은 대학에 보내는 것이 주된 관심사이다. 대학생들은 토익 점수가 무엇보다 중요하고, 취업이 중요하다. 고등학생들은 수능이 중요하고 어떤 대학에 들어가느냐가 중요하다. 중고생들이 어떤 연예인의 열광적인 팬이라 해도, 정말 그 학생에게 중요한 것은 수능이고 대학 진학이다. 대학생이 음악을 좋아한다 해도, 마음 한구석에는 영어와 취업이 더 큰 문제로 남아있다. 자기가 정말로 신경 쓰고 잘해야 하는 일이 따로 있다. 그 일을 하는 중간에 휴식을 하기 위하여 문화가 필요하다. 이때 발달할 수 있는 문화는 B급 문화뿐인 것이다. 그래서 한국에서는 B급 문화가 발전하고, 이 B급 문화가 세계적인 경쟁력을 갖추게 된 것이다. 그런 의미에서 오로라 공주는 전형적인 B급 문화의 상징이다. 작품성은 뒤로 하고, 그냥 마음을 쉬기 위한 목적에 부합하는 드라마인거다. B급 드라마가 히트 칠 수 있는 사회 구조가 만들어낸 현상인 것이다.

신 모계사회의 대두

다른 나라로 배낭여행을 다녀보면 다른 한국 여행객들을 많이 만나게 된다. 외국에서 만나게 되는 한국 여행객은 세 가지 부류가 있다. 하나는 패키지여행이다. 가이드가 있고 많으면 몇 십 명, 적으면

십여 명이 같이 다니는 패키지 여행객이다. 다른 하나는 여럿이서 함께 다니는 여행객들이다. 적게는 두 명, 많게는 대여섯 명이 같이 다닌다. 젊은 학생들의 경우는 친구끼리 같이 다니는 경우이고, 아니면 가족끼리 다닌다. 그리고 마지막 여행 패턴이 혼자 다니는 경우이다. 혼자서 배낭을 메고 해외여행을 다닌다. 모든 일정을 혼자 계획하고 외국 도시들을 이동하며 돌아다닌다.

패키지 여행객들은 보통 자기들끼리만 움직이기 때문에 다른 여행객들하고 만나서 이야기할 기회는 거의 없다. 그런데 몇 명이서 같이 다니는 여행객과 혼자 다니는 여행객들을 비교하면 차이점이 있다. 패키지 여행객들이나 몇 명이서 같이 다니는 여행객들을 보면 남자와 여자 비율 차이가 그렇게 크게 나타나지 않는다. 그런데 혼자 다니는 여행객 중에는 의외로 여자가 더 많다. 보통은 여자들이 혼자 해외여행을 다니는 것은 위험하기 때문에 혼자 다니는 남자들이 여자들보다 더 많은 것처럼 생각된다. 그러나 막상 다녀보면 그렇지 않다. 혼자 다니는 여행객은 여자가 더 많고, 오히려 혼자 다니는 남자들이 더 드물다.

혼자 다니는 여자와 여러 명이 같이 다니는 단체에 속해있는 여자 사이에는 정말 큰 차이가 있다. 혼자 다니는 여자는 정말로 혼자 다한다. 혼자서 결정하고 혼자서 계획하고 또 언어도 어느 정도 준비를 해왔다. 어디서 자고 묵을 것인지, 어떻게 이동할 것인지를 잘 준비하고 있고 정말로 혼자서 당차게 여행을 한다. 이 여자들은 남자들보다 더 믿음직하다. 능력도 더 있다. 그에 반해서 단체 여행을 하는 여자들, 특히 남자와 같이 움직이는 여자들은 앞으로 나서서 결정을 하는 경우가 많지 않다. 뒤로 물러서 있고, 보조적 역할을 하는 경우가 많다.

남자들은 여러 명이 같이 있는 경우에는 잘난 척 하면서 잘 움직이지만, 막상 혼자 다니면 숫기가 없는 경우가 많다. 다른 사람들과 같이 있으면 용감하고 잘 움직이는 남자들이 혼자 다니라고 하면 못 다니는 경우가 많은 것이다. 결국은 외국을 다녀보면 가장 뛰어나고 능력 있게 돌아다니는 사람은 혼자 다니는 여자들이다. 전체 여행객들에 비교하면 이들의 숫자는 굉장히 소수이다. 하지만 혼자 다니는 사람들 중에서는 여자들이 더 많다. 여자들 중에는 정말로 능력 있고 독립심 있고 당찬 사람들이 많은 것이다. 남자들보다 더 독립심을 가지고 혼자 헤쳐 가는 여자들이 많은 것이다.

여자들 중에는 남자에 기대고, 남자를 이용하고, 남자에게 보조적으로 살아가는 여자들도 많다. 사실 이것이 전통적으로 여자들에게 기대하는 역할이었다. 특히 백마를 탄 남자가 나타나 여자를 구출하는 이야기는 세계 모든 나라에서 공통으로 존재하는 스토리이다. 여자는 남자를 잘 만나면 자기 팔자를 고칠 수 있다. 여자의 운명을 결정하는 것은 남자이다.

사실 여자에 대한 전통적인 동화 이야기는 대부분 이런 남자에 의해서 구원받는 여자의 이야기이다. 신데렐라는 부엌데기 신세에서 왕자의 선택을 받고 왕자의 신부가 된다. 백설공주는 독 있는 사과를 먹고 쓰러지지만, 왕자의 키스를 받고 다시 새로운 삶을 산다. 잠자는 숲속의 미녀도 결국 왕자가 와서 깨운다. 인어 공주는 결국 왕자의 선택을 받지 못해서 물거품으로 사라진다. 여자의 운명을 결정하는 것은 남자인거다.

외국에만 이런 식의 이야기가 있는 것은 아니다. 감옥에 갇힌 춘향이는 이몽룡이 암행어사가 되어서 돌아와 구해준다. 인당수에 빠진 심청이는 왕의 신부가 되고, 그래서 자기 아버지를 다시 찾게 된다. 어떤 남자를 만나느냐, 어떤 남자의 선택을 받느냐에 따라 자신의 성공이 결정되는 것이다.

현대 드라마도 마찬가지이다. 히트 친 로맨틱 드라마들은 모두 어렵게 사는 여자가 부자 남자의 선택을 받아 팔자 고치는 이야기이다. 〈시크릿 가든〉은 스턴트우먼으로 살아가는 여자가 백화점 사장 남자를 만나서 사랑에 빠지는 이야기이다. 여자는 싫다고 하는데 남자가 따라다녀서 결국 남자의 마음을 받아들이는 이야기이다. 〈최고의 사랑〉은 이미 한물 간 아이돌 여자 가수를 최고의 톱스타인 남자가 따라다니는 이야기이다. 남자 덕분에 계속 배역을 맡고 결국 최고 스타 배우와 맺어진다. 2013년 겨울에 인기를 얻은 〈상속자들〉은 가사도우미의 딸이 재벌가 아들들 사이에서 도움을 받는 이야기이다. 제국그룹의 둘째 아들이 자기 집에서 일하는 가사 도우미의 딸을 좋아한다. 그리고 호텔의 아들도 이 여자를 좋아한다. 자기를 좋아하는 남자들이 여자가 어려움에 빠졌을 때 도와주고 계속 지원을 해준다. 이것이 전통적인 남자와 여자 간 로맨틱 이야기이다. 여자의 운명을 결정짓는 것은 남자이다. 여자 스스로는 자신의 팔자를 크게 고치지 못한다.

그러나 여자들 중에서는 남자에 의존하지 않는 여자들도 있다. 남자에 휘둘리지 않고, 남자 때문에 자기 인생을 변화시키지 않고, 자기 스스로의 힘으로 자신의 인생을 만드는 여자들이다. 이런 여자들은 소수이다. 하지만 분명히 존재한다. 혼자 배낭여행으로 세계를 돌아다니는 여자들처럼, 남자보다 더 당차고 독립심이 강한 능력 있는 여자들이다.

이런 여자들을 위한 드라마도 있어야 한다. 남자에 의해서 구원받는 여자들의 이야기를 반영하는 드라마들도 있어야겠지만, 남자들과 관계없이 혼자서 인생을 만들어나가는 여자들의 이야기도 있어야 하는 것이다. 그리고 이런 여자들을 반영하는 드라마들 중 많은 경우가 소위 막장 드라마의 형태로 나타나고 있다.

막장 드라마들은 보통 남자들이 막장의 행태를 보이는 것이 아니라 여자들이 막장의 행태를 보인다. 막장은 사람들이 이상한 행태를 보이는 드라마가 아니다. 여자들이 일반적인 상식에서 벗어나는 이야기들이다. 막장 드라마에서 복수가 이루어진다면, 남자가 여자에게 복수하는 이야기는 거의 없다. 거의 다 여자가 남자에게 복수하는 이야기이다. 막장 드라마의 주인공은 남자에 의해서 운명이 결정되지 않는다. 자기 스스로 자기 운명을 만든다. 주변에서 어려운 일이 있을 때, 보통 드라마에서는 자신을 좋아하는 남자가 나타나서 구원을 해준다. 하지만 막장 드라마에서는 남자가 구원해주지 않는다. 여자가 자신의 힘으로 어떻게든 이겨낸다. 그렇게 어려움을 극복하는 과정에서 사회의 일반적인 상식을 깨뜨린다. 자신의 딸을 자신의 며느리로 삼으려고 하는 등 일반적인 상식으로는 이해할 수 없는 방법으로 구원하고자 한다. 하지만 남자의 도움을 받아 문제를 해결하지는 않는다. 자기 자신이 고민을 해서 스스로 해결책을 찾고, 결국 자기 목적을 달성한다. 막장 드라마에 나오는 여자들은 연약하지 않다. 남성위주의 사회에서 만든 남성에게 유리한 사회 규범에 그대로 따르지도 않는다. 남자에게 기대지도 않는다. 막장 드라마의 여자들은 자기 자신의 힘으로 자신이 원하는 것을 얻고자 한다. 그것이 결국 성공하든 실패하든, 막장 드라마의 여자들은 남자를 이용하면 이용했지, 남자에게 이용당하고 버림받지는 않는다.

한국 사회에서는 여자가 남자에게 기대거나 도움 받지 않고 오히려 남자를 이끄는 것이 어색할 수 있다. 하지만 역사상 이렇게 여자가 남자를 이끄는 사회는 전통적으로 존재해왔다. 여자가 남자를 이끄는 사회는 모계 사회이다. 그리고 원래 인류의 사회는 모계 사회였다. 부족국가가 만들어지고 단체 생활, 국가가 만들어지면서 남성 위주의 사회가 되었지만, 소수 공동체사회는 원래 모계 사회가 일반적이다. 그리고 현대 사회에 들어서면서 페미니즘, 포스트 모더니즘이 강조되고, 그에 따라 여성의 사회적 파워가 강화되고 있다. 서구 사회는 지금 모계 사회의 전통이 부활하고 강조되고 있는 형국이다. 하지만 한국은 유교 사회를 겪으면서 아직까지 남성 위주의 사회를 유지하고 있다. 여자들의 사회적 지위가 이전보다 많이 증가되었다고 하지만, 그래도 외국의 다른 나라들에 비하면 남성 위주의 사회적 체제이다. 하지만 한국 사회도 점차로 여성의 파워가 강화되고 있다고 봐야 한다. 좀 시간이 지나면 한국에서도 모계 사회로서의 특성들이 나타나게 될 것이다.

한국에서 막장 드라마의 대두와 성장은 그렇게 한국에서 남성 위주의 사회가 모계 사회로 점차 이동하면서 나타나는 현상으로 보아도 될 듯하다. 정말로 남성 위주의 가치관이 한국 사회를 꽉 잡고 있을 때는 여자들이 모든 걸 결정하는 막장 드라마가 존재할 수 없었다. 그리고 여자들이 주도권을 완전히 갖춘 사회가 되면 막장드라마가 인기가 없을 것이다. 여자들이 결정하는 것이 일반적인 상황에서 여자들의 운명 개척 이야기가 특별한 이야기는 아니기 때문이다. 막장 드라마는 한국이 남성위주의 사회에서 벗어나기 시작해서 여성 주도의 사회로 이전하는 초기에 관심을 받을 수 있는 드라마 장르일 거다.

오로라 공주는 바로 그런 여성 주도의 내용을 보여주고 있다. 남자에 기대지 않고 자기 인생을 만들어가는 여자들의 이야기이고, 그런 측면에서 여자들의 공감을 받을 수 있는 이야기가 될 수 있는 것이다. 신 모계사회로 들어가는 초기에 인정받을 수 있는 드라마인거다.

중년 여성들의 로망, 오로라공주

오로라 공주에 나오는 여자들은 모두 캐리어 우먼들이다. 잘나가는 여자들이다. 젊은 애들만 유능한 인재가 아니라 아주머니 급으로 나오는 사람들도 보통 다 성공한 캐리어 우먼들이다. 다른 드라마에서는 젊은 주인공은 멋진 캐리어우먼일 수 있지만, 40대 이후의 여자들은 대부분 가정주부들이다. 사업을 한다고 해도 거의 조그만 자영업이고, 만약 큰 사업을 한다고 하면 남편이 회장이거나 아버지가 회장이다. 하지만 오로라 공주는 다르다. 성공한 조각가, 고급 레스토랑 운영자, 성악가 등 자신의 재능을 제대로 발휘하는 골드 미스들이다.

오로라 공주의 주 시청자들은 30대, 40대, 50대의 여성들이다. 오후 7시 대에 방영하는 오로라 공주의 시청층은 직장에서 경력을 쌓고 있는 여성들이 주 대상이 아니라, 가정주부들이 주 대상이다. 이 여성분들이 보기에 오로라공주에 나오는 여자들은 자신이 이루지 못한 잠재적 로망을 보여주는 상징들이다.

한국 중년 여성들의 숨겨진 욕망에 접근하기 위해서는 이 여자 분들이 젊었을 때 한국 사회가 어떠했는가를 살펴볼 필요가 있다. 현재의 시각에서 이 여성분들의 심리를 파악하는 것은 불가능하다. 이들이 10대 후반이었을 때, 20대 후반이었을 때 어떤 일을 해왔고, 무엇을 하고 싶어 했는지를 알아야 한다.

2013년 현재는 고등학교를 졸업한 사람 중에서 70% 넘는 학생들이 대학교에 진학한다. 나머지 30%는 정말로 대학교를 갈 수 없어서 대학을 못 가는 게 아니다. 지방에 있는 대학이라도 들어가고자 하면 들어갈 수 있다. 지방에는 미달인 대학도 많다. 성적이 아무리 나빠도 원서만 내면 들어갈 수 있는 대학들이 존재한다. 집안 사정상 대학에 들어갈 수 없어서, 자기가 별로 들어가기 싫어서, 자기가 살고 있는 곳에서 워낙 멀리 있는 대학에만 들어갈 수밖에 없어서 진학을 안하는 것이지 어쨌든 대학에 가고자 하면 들어갈 수 있다.

그리고 지금은 대학생 중에서 여자가 남자보다 더 많다. 대학생의 성별 구성에서 여자가 남자보다 더 많이 진학을 한다. 경영과, 경제과 등에도 여자들이 많이 있다. 뿐만 아니라 공무원 시험도 여자들이 더 많이 합격하는 일이 벌어지고 있다. 사법고시 합격자, 행정고시 합격자 중에서도 여자들이 더 많이 합격하는 경우가 존재한다. 지금은 여자가 대학에 들어간다는 것, 여자가 취업을 한다는 것, 여자가 사법고시에 합격해서 판검사를 한다는 것, 행정고시에 합격해서 고위 공무원이 된다는 것이 전혀 이상하지 않다. 여자들도 남자들과 똑같이 사회생활을 할 수 있는 것이다.

시계를 돌려 20년 전으로 가보자. 지금부터 20년 전이면 1993년 전이다. 지금 나이 40살이 된 아주머니는 이 당시 20살이고, 지금 나이 45살이면 1993년에는 25살이다. 나이 40대의 여성분들이 오로라 공주의 주된 시청자라고 하면, 1993년도는 이 여성들이 20대 초반이었을 때인 것이다. 지금 40대 여성들이 20대 아가씨였을 때는 어떤 사회였을까?

1990년대 초반, 대학 진학률은 25% 정도였다. 전국에 있는 모든 대학교, 전문대학까지 다 합쳐서 25% 정도 밖에 대학에 진학할 수 없었다. 전국에서 고등학교를 졸업한 사람 중에서 75%는 대학교를 갈 수 없었다. 이때는 대학생이 된다는 것 자체가 엄청난 거였다. 좋은 대학이든 나쁜 대학이든, 대학생이기만 하면 사회에서 엘리트층이라 할 수 있었던 것이다.

그리고 대학생 남녀 비율을 보면, 압도적으로 남자가 많았다. 서울의 주요 대학에서 대학생의 남녀 비율은 남자 70%, 여자 30% 정도였다. 이것도 여자가 많은 대학의 경우였고, 남자 80%, 여자 20%의 비율도 많았다. 전체 고등학교 졸업생 중에서 25%만 대학에 들어갈 수 있었다. 그런데 그 중에서도 여자는 20-30% 밖에 되지 않았다.

그 말은 여자 고등학교 졸업생 중에서 대학에 들어가는 비중은 10%도 되지 않았다는 뜻이다. 20대 여자 중에서 여대생은 10% 밖에 되지 않았다. 대학생 자체가 적었었고, 특히 여대생은 아주 특별한 존재였던 것이다. 그리고 당시 여자들은 거의 다 어문계로 진학했다. 경영과, 경제과에 진학하는 여자들은 거의 없었다. 문학이 여자들이 하기에 적당한 전공이었고, 그래서 여자들은 영문과, 불문과, 일문과 등 거의 다 어문계 학과로 들어갔다. 경영과, 경제과, 법과, 행정학과 등 사회과학계에서 여학생들은 10% 정도도 되지 않았다.

좋은 직장에서 제대로 업무를 수행하는 커리어 우먼이 되기 위해서는 우선 여대생이 되어야 한다. 그런데 여대생이 되는 것 자체가 워낙 드문 일이었다. 나머지는 다 공장에 취직하거나 고졸 여성 사무직으로 취직을 했다. 이런 업무를 하면서 나중에 능력 있는 커리어 우먼으로 성장하는 것은 한계가 있다. 여성들은 이런 커리어우먼을 동경했다. 하지만 이런 커리어 우먼은 실제 달성 가능한 것이 아니었다. 시도를 해보고 안되서 포기하면 차라리 미련도 없을 수 있다. 그러나 대학에 들어가는 것 자체가 불가능했던 그 당시 시절, 멋있는 커리어 우먼은 시도조차 할 수 없는 바람이었던 것이다.

그럼 여대생이 되면 자신의 사회적 꿈을 달성할 수 있었을까? 알아두어야 할 것은, 1990년대 초반 한국의 대기업들은 거의 여성을 뽑지 않았다는 점이다. 대기업에서 여성을 뽑는다면 커피타고 사무를 보조하는 등의 잡일을 하는 여성을 뽑았을 뿐, 대졸의 자격을 갖추고

정식 업무를 수행하는 여성은 거의 뽑지 않았다. 1980년대 중반, 당시 대기업이었던 대우에서 여성 대졸 직원 100명을 선발한 적이 있었다. 여성 대졸 사원을 뽑는다고 해서 사회적으로 이슈도 되었다. 그런데 이렇게 선발한 100명이 2년 이내에 2-3명만 남기고 다 그만두었다. 결혼을 하게 되면 회사를 그만두었고, 밤늦게까지 업무를 계속 하면 업무 부담 때문에 직장을 그만두었다. 당시는 그랬다. 여자를 회사에 뽑으면 결혼하면 다 그만두는 것으로 생각했고, 실제 또 그만두었다. 1990년대 초반까지 회사에서 여대생을 선발하는 경우는 거의 없었다. 1993년경에는 현재 포스코인 포철에서 여성 대졸 사원을 공채한 적이 있었다. 대졸 여자들이 취업하기 힘들었던 당시, 모든 여자들이 포철에 지원하기 위해 시험을 보았다. 그 정도로 대졸 여자들이 제대로 된 기업에서 제대로 된 업무를 하기는 어려웠던 시절이다.

공무원 시험을 보는 여자들도 거의 없었다. 당시 공무원 중에서는 여자 합격자가 워낙 적었기에, 합격자의 20% 정도는 무조건 여자를 뽑는 것으로 한다는 여성 할당제를 도입했었다. 여성 합격자가 50%가 되는 현재의 시각으로 보면 너무 격세지감이 있는 이야기이다.

지금 현재를 보면, 회사에서 과장급까지는 여자들이 많이 있다. 하지만 이사급 들 중에서 여자들의 비율은 매우 낮다. 공무원의 경우에도 5급까지는 여자들의 비율이 높지만, 3급 이상 고위 공무원 중에서 여자들은 거의 없다. 회사든 공무원이든 고위급에 여자들이 적은 이유는 그 당시 여자들 중에서 회사에 들어간 사람 자체가 적기 때문이다. 당시는 신입사원 자체가 모두 남자들이었다. 이들이 지금 40대 중후반이 되어 회사의 간부가 되어 있다. 이 나이 대에서 사회에서 활동하는 여자가 적은 것은 어떻게 보면 당연한 일인 것이다.

1980년대 그리고 1990년대 초반, 당시 고등학교를 졸업한 여자들은 사회에 진출하기를 꿈꾸었다. 제대로 된 직장을 가지고 제대로 된 업무를 할 수 있기를 바랐다. 남자와 동등한 업무를 하고, 나중에 회사의 간부 사원으로 성장할 수 있기를 바랐다. 하지만 그 당시 여자들에게는 이런 기회가 주어지지 않았다. 일단 대학생이 되는 것 자체가 어려웠고, 대학을 졸업해도 사회에서 일을 할 기회가 주어지지 않았다. 회사에 들어가서 일을 하게 되더라도 결혼을 하면 회사를 그만두어야 했다. 그래서 할 수 없이 가정주부로서의 삶을 시작할 수밖에 없었다. 아무리 좋은 대학을 나오고 공부를 잘하고 능력이 있어도, 여자들은 90% 이상이 가정주부로서의 삶을 살아갈 수밖에 없었다.

그때 그 여자들이 지금은 40대의 여자들이 되었다. 그리고 지금은 그때와 완전히 다른 시대가 되었다. 1990년대 중반부터 대학이 증가되고 대학에 들어가기가 훨씬 쉬워졌다. 그리고 여대생들도 회사에 들어가는 것이 드물지 않게 되었다. 여자가 커리어우면으로 지내고 골드 미스가 되는 것도 어색하지 않은 사회가 되었다. 하지만 그 모든 것이 지금 40대의 여자들에게는 꿈을 꿀 수는 있어도 실현하기는 어려운 것들이었다.

오로라 공주에는 성공한 골드미스들이 많이 나온다. 사회적으로 활동하고 성공한 여자들의 이야기가 많이 나온다. 20대, 30대 여자들에게는 이런 스토리가 특별한 게 아닐 수 있다. 하지만 40대 이상의 여자들에게는 그렇지 않다. 이런 능력을 발휘하는 여자들의 이야기는 자신의 로망이었던 것이다. 한국 사회가 만들어낸 숨겨진 욕망이었던 것이다.

다음 내용은 아무도 모른다- 격변하는 시대상

미국 사회는 1960년대까지는 안정적인 사회였다. 안정적인 사회라는 것은 미래를 어느 정도 예측할 수 있었다는 뜻이다. 기업에 들어가면 보통은 정년이 될 때까지 그 회사에서 일을 했다. 중간에 회사를 옮기는 일은 거의 없었다. 대학을 들어가면 어느 정도 급이 되는 회사에 들어갈 수 있었고, 회사에 들어가면 정년 때까지 일을 할 수 있었다. 그리고 연봉은 해마다 조금씩 상승했다. 처음 회사에 들어갈 때는 월급이 적어도, 몇 년 일하면 어느 정도 월급을 받을지 예상이 가능했다. 그리고 실제 나이가 들면 예상했던 것만큼 월급이 늘어났다. 그래서 미래에 대한 계획을 짤 수 있었다. 어느 정도 수입이 있고, 이 수입에서 얼마를 저축을 하면 언제쯤 어느 정도의 집을 살 수 있는 가를 예측할 수 있었다.

일본은 1980년대까지 안정적인 사회였다. 일본에서의 안정은 종신고용이라는 제도로 대표된다. 한번 회사에 들어가면 정년퇴직할 때까지 그 회사에서 일을 했다. 회사는 중간에 직원을 자르지 않았고, 직원도 중간에 회사를 옮기는 일이 없었다. 그리고 직원 중에서 누가 승진을 하고 엘리트 길을 걸을지도 처음 입사해서 조금 시간이 지나면 구분이 되었다. 출세 코스를 밟는 사원, 일반 사원으로 구분이 되고, 그에 따라서 미래에 자신이 회사에서 어떤 역할을 하게 될지를 예측 가능했다.

한국은 1997년 IMF 이전까지가 이렇게 안정적인 사회였다. 취직을 하면 정년 때까지 그 회사에서 일을 할 수 있었다. 중간에 해고되는 경우는 거의 없었고, 월급은 해마다 올랐다. 하지만 한국에서 1997년 금융 위기가 발생했을 때 대량 해고가 발생했다. 특히 금융 계통에서는 많은 사람들이 옷을 벗고 나와야 했고, 월급도 수년째 동결이 되어 오르지 않았다. 한국 사회 전체적으로 구조조정이라는 말이 일상화된 것도 1997년 IMF 금융위기 이후였다.

IMF 이후 몇 년 간 어려웠지만, 2000년대 중반부터는 조금씩 안정을 찾아가고 있었다. 하지만 2008년 세계금융위기는 한국 사회를 다시 한 번 변동시킨다. 2008년 세계금융위기는 한국만이 아니라 세계 전체적으로 같이 겪은 위기였다. 하지만 한국은 1997년 IMF에서 벗어나고자 하는 시기와 겹쳤다. 또 한국은 출생 인구 저하, 경제활동 인구가 감소되는 사회 변혁기와 2008년 금융위기가 겹쳤다. 경제활동 인구가 감소되는 것은 그 자체가 사회에 큰 영향을 미치는 요소이다. 그런데 한국에서는 2008년 금융위기가 영향을 주는 시기와 경제활동 인구가 정체되고 감소되기 시작하는 시기와 맞물린다. 그래서 한국의 사회는 이 시기를 기점으로 크게 변화한다. 이제 한국에서는 안정이 보장되기가 어려운 사회에 접어들었다. 10년 후에 어떤 모습으로 살아갈지, 5년 후에 어떤 상태가 될지, 내년에 당장 어떻게 살게 될지를 예측할 수 없는 사회가 된 것이다.

예전에는 대학을 졸업하면 취직을 할 수 있을 거라고 예측할 수 있었다. 하지만 지금은 대학을 졸업해도 취직이 된다는 것을 보장할 수 없다. 대학에서 공부를 잘하고 성적이 좋으면 취업이 될까? 영어 토익 점수를 높게 받으면 취직이 될까? 예전에는 그랬다. 대학을 나오고 학점이 좋고 영어 점수가 좋으면 취직은 되었다. 하지만 지금은 그렇지 않다. 대학 졸업생 숫자와 기업의 채용 인원을 비교하면 대학 졸업생 숫자가 훨씬 많다. 지금은 기본적으로 대학 졸업생의 반 정도는 취업을 할 수 없는 시대이다. 대학을 졸업해도 취업이 될지 안 될지 모르는 시대가 되었다.

취업을 하면 정년까지 회사를 다닐 수 있나? 그것도 지금은 보장을 못한다. 우선 취업을 할 때 정규직과 비정규직으로 구분이 되는데, 비정규직은 2년 계약이다. 2년이 지난 후 이 회사에서 계속 일을 할지 안할지도 알 수 없다. 비정규직으로 취직을 하면 앞으로 2년 후까지는 예측할 수 있지만, 그 이후에는 어떤 삶을 살지 예측이 불가능한 것이다. 2년이 지나서 다시 취업을 하더라도 다시 비정규직이 되는 게 일반적이다. 그러면 2년마다 자신의 앞날이 갈림길에 계속 서게 된다. 미래를 예측하면서 살아가기가 힘들다. 이런 비정규직이 소수라면 모르겠는데, 지금 취업을 하는 사람들에게는 정규직보다 비정규직이 더 많은 시대다. 사회의 많은 사람들이 비정규직의 불안정성 속에서 살아갈 수밖에 없다.

그러면 정규직이 되면 안정적으로 살아갈 수 있나? 정도의 차이일 뿐 정규직도 마찬가지이다. 지금은 회사의 구조조정이 일상적이다. 망하는 회사도 많다. 그리고 회사를 계속 다닌다는 점이 낫기는 하지만, 정규직이라 하여 월급이 계속 오른다는 보장이 없다. 이전에는 월급이 계속 올랐기 때문에 저축계획을 짤 수 있었다. 하지만 지금은 월급이 동결되기도 하고 오히려 줄어들기도 한다. 성과급 체제가 많이 도입되면서 해마다 버는 돈의 액수도 변동이 일어난다. 올해의 수입이 얼마나 될지, 내년의 수입이 얼마가 될지를 파악하기 힘든 것이다.

더 중요한 것은, 회사를 그만둔 다음에 무엇을 하게 될지 전혀 감을 잡을 수 없다. 지금은 대기업 부장으로 일을 한다 하더라도 40대 중반이면 회사를 그만둘 가능성이 생긴다. 나이 50이 넘으면 회사를 나와야 한다고 생각해야 한다. 그러면 그 이후에는 어떻게 살아갈

까? 연금은 65세가 되어야 나오고, 설사 연금을 받는다고 해도 받는 금액이 워낙 적기 때문에 현재의 생활수준을 유지하는 것은 불가능하다. 저축을 많이 해놓았으면 버틸 수도 있겠지만, 지금 대부분의 샐러리맨들은 자기 집을 사느라 대출을 받은 상태이다. 회사를 그만두면 집 대출금을 더 이상 갚아갈 수도 없는 사람들이 많다. 이 사람들은 회사를 그만두면 회사를 그만두는 것으로 끝나는 것이 아니다. 자기 집도 비워줘야 하고 그 다음에 어디서 어떻게 살아야 할지도 모르게 된다.

내가 잘하면 안정적으로 살아갈 수 있을까? 하지만 내가 아무리 잘해도 남편이나 아버지가 회사를 그만두면 생활은 변화한다. 남편과 아버지가 아무리 잘해도, 회사가 잘 안되면 나와야 한다. 내가 아무리 열심히 공부를 해도, 취업 자리 자체가 적기 때문에 취업할 수 있다는 보장이 안되는 것이다. 이러다가 가족 중 누군가 큰 병이라도 나면 현재의 가정을 유지하는 것은 불가능해진다. 지금 한국은 자신의 미래의 삶을 예측하기 힘든 사회이다. 젊어서 미래를 예측하기 어려운 것이 아니라, 나이가 든 사람도 미래 예측이 어렵다. 청춘이든 장년이든 노인이든, 남자든 여자든, 학벌이 좋든 나쁘든, 영어를 잘하든 못하든, 누구나 다 자신이 앞으로 어떻게 살아가게 될지 예측하는 것이 어려운 시대인거다.

오로라 공주 드라마의 가장 큰 특징은 드라마의 스토리를 예측하는 것이 불가능하다는 점이다. 원래 스토리라고 하는 것은 그 내용을 예측할 수 있으면 안된다. 드라마든, 영화든, 소설이든, 앞으로 어떻게 될지 몰라야 재미를 느끼면서 볼 수 있다. 하지만 아무리 세부적인 내용을 예측할 수 없다 하더라도, 기본적인 구도는 예측이 가능하다. 주연과 조연이 있으면 주연의 역할과 조연의 역할이 어느 정도 비중을 가지고 스토리가 전개될지는 안다. 누가 나쁜 사람이고 누가 착한 사람인지도 구분이 되고, 나쁜 사람의 미래가 어떻게 될지, 착한 사람의 미래가 어떻게 될지도 어느 정도는 짐작을 하고 본다. 나쁜 캐릭터의 경우 나중에 정확히 어떤 벌을 받을지는 모르지만, 어쨌든 끝이 나쁜 것이라는 것만은 알고 본다. 주인공과 다른 캐릭터와의 갈등이 있으면, 이 갈등 구조가 지속되다가 나중에 해결되리라는 것은 예측이 가능하다. 정확히 어떤 방법으로 갈등이 해결되는지는 알 수 없지만, 갈등이 나중에 해소된다는 것 자체는 예측이 가능한 것이다.

그런데 오로라 공주는 그런 모든 예측을 뛰어넘는다. 정말로 누가 어떻게 될지, 지금 관계가 어떻게 될지를 전혀 예측할 수 없었다. 심지어 주연과 조연의 구분 조차도 예측이 어려웠다. 분명히 오로라가 주연인데, 드라마 에피소드에 따라서는 조연이 주연으로 둔갑하는 경우도 많았다. 누가 잘되고 누가 안될지, 이 사랑이 이루어질지 이루어지지 않을지 판단도 불가능했다. 처음에는 이런 기본적 스토리는 예측가능하다고 생각하며 시청자들은 드라마를 대했을 것이다. 하지만 시간이 지나면서 이런 모든 예측은 다 틀리게 된다. 당장 5일 후에 어떤 내용이 펼쳐질지, 그시점에서 갈등 구도가 어떻게 변화할지, 그리고 지금 출연하고 있는 연기자들이 5일 후에도 계속 나올지 아닐지조차 예측이 불가능 하게 만들었다.

시청자들은 그런 예측 불가능성에 당혹해 했다. 하지만 당혹해하는 만큼 그 예측할 수 없는 내용 전개를 즐기고 있기도 하다. 다른 드라마들은 기본적인 내용과 방향은 예측할 수 있다. 착하면 복을 받고, 나쁘면 벌을 받고, 그리고 사랑은 결국 이루어지고 삶은 해피엔딩이라는 기본적인 드라마의 포맷을 유지하고 있다. 하지만 오로라 공주는 그렇지 않다. 정말 아무것도 예측할 수 없다. 그냥 맘대로 막 변화한다. 말이 안될 정도로 변화한다. 하지만 지금 시청자들의 삶은 바로 그런 삶이다. 현대 한국인들은 내일이 어떻게 될지 예측할 수 없는 삶을 살아가고 있다. 오로라 공주의 스토리가 차라리 현대인 삶의 예측 불가능성을 제대로 보여주고 있고, 불안한 현대인의 사회적 현상을 그나마 보여주고 있는 거다.

외부에서 보이는 성과가 최우선인 시대

현대 한국 사회의 특징 중 하나로 언급되는 것이 소용돌이 가치의 사회이다. 소용돌이는 어느 한 점으로 바람이 수렴한다. 위에서는 좀 넓게 공기들이 돌고 있지만, 이 공기들은 아래로 내려갈수록 점점 좁아진다. 그리고 결국은 한 지점으로 모든 공기들이 빨려들게 된다.

모든 공기들이 가는 곳은 오로지 한 지점이다. 다른 지점으로 빠져나 갈 수 있는 공기는 없다. 모든 공기들이 한 중심점을 향해서 돌고 있는 것이다.

현재 한국 사회에서 지향하는 가치가 바로 이런 소용돌이이다. 오직 한 가지 가치만이 사회에서 인정된다. 다른 가치들은 필요 없다. 사회의 모든 구성원들이 이 한 가지 가치만을 위하여 노력을 하고 지향을 한다. 사회의 구성원들은 원래 모두 가치가 달라야 한다. 그게 민주주의 사회의 원칙이다. 민주주의라는 것은 다양한 가치를 가지고 다양한 가치를 추구하는 사람들이 어떻게 하면 합의를 이루고 사회 전체를 이끌어갈까에 대한 제도이다. 사람들의 가치가 다양하다 보니 의견을 하나로 통일을 할 수가 없다. 사람들이 지향하는 목표가 비슷하다면 의견을 수렴해서 합의를 이루기가 용이하다. 하지만 사람들이 지향하는 목표가 다르고 가치가 모두 다르다면 합의를 이루는 것은 불가능하다. 그래서 민주주의 사회에서는 다수결이다. 모두가 합의를 이루는 것이 불가능하기 때문에 소수의 의견을 통합하기보다는 다수의 의견으로 사회를 이끌어나가는 것이다. 소수의 의견을 다수의 의견에 통합시키기 보다는 소수의 의견은 소수의 의견으로 그냥 내버려 둔다. 그것이 바로 민주주의이다. 민주주의 사회는 구성원들의 가치와 목적이 모두 다를 때 , 그리고 구성원들의 가치와 목적이 다르다는 것을 인정할 때 이루어질 수 있는 제도인거다.

하지만 전체주의 사회에서는 다르다. 전체주의 사회에서는 모두의 의견이 같아야 한다. 지향하는 바가 동일하고, 목표로 하는 것이 비슷해야 한다. 전체주의 사회에서는 다른 사람들이 다른 가치를 지향하는 것을 참고 내버려두지 않는다. 다른 가치를 가지고 있는 사람들은 설득을 해서 다른 사람들과 동일한 가치를 가지게 해야 한다. 끝까지 다른 사람들의 가치와 목표를 따르지 않고 자기 자신만의 가치와 목적을 가지는 사람은 사회에서 격리시켜야 한다. 처벌을 하거나 감옥으로 보내야 한다. 그래서 전체주의 사회, 독재 사회들은 경찰국가로 발전하게 된다.

그리고 이런 사회에서는 만장일치를 중시한다. 소수의 의견을 소수의 의견대로 내버려 두지 않는다. 소수를 어떻게든 설득을 시키고, 아니면 합의를 이루어내서 만장일치를 해야 한다. 신라의 화백 제도가 만장일치 제도였다. 만장일치의 화백 제도가 훌륭한 제도인 것처럼 국사 교과서에서는 이야기하지만, 사실 만장일치 제도는 소수의 의견을 인정하지 않고, 의견 대립을 인정하지 않을 때 중요시되는 제도인거다. 그 집단이 전체주의적으로 움직이고 집단주의적 사고를 가지고 있다는 징표인거다.

현재 한국 사회는 민주주의 사회이다. 그런데 민주주의 사회이면서 사람들이 추구하는 가치가 거의 동일하다는 특징이 있다. 사람들이 추구하는 가치가 동일하고 다른 가치를 인정하지 않는다면 이것은 전체주의 사회이다. 하지만 한국은 분명 민주주의 사회이다. 5년마다 대통령을 국민 직선으로 뽑고, 국회의원들도 4년마다 선거로 뽑는다. 지금 여당이 정권을 잃을 때도 있고, 야당이 정권을 잡아 여당이 될 수도 있다. 한국은 분명 민주주의 사회이다. 그런데 민주주의 사회이면서도 사람들이 동일한 가치를 추구한다. 그래서 한국은 소용돌이 가치의 사회인 것이다.

한국 사람들은 초등학교, 중학교, 고등학교 때는 좋은 대학을 들어가는 것이 최우선 가치이다. 자신의 특기를 살리는 것이 좋다고 한다. 창의적인 교육을 하는 것이 중요하기에 창의적 교육을 위한 여러 방안을 강구하기도 한다. 자율적인 학습을 하는 것도 중요하다며 강조를 한다. 세계화 시대를 살아갈 수 있는 외국어 능력을 높이는 것도 중요하다. 하지만 이 모든 것들은 그 자체로 가치를 가지는 것은 아니다. 모두 좋은 대학에 들어가기 위해서 하는 것이다. 이런 것들을 해서 좋은 대학에 들어갈 수 있다면 가치가 있다. 하지만 이런 것들을 해서 실력은 좋아지고 인성도 좋아지지만 좋은 대학에 들어갈 수는 없다면, 이런 것들은 모두 소용없다. 초·중·고등학교 때 모든 활동과 교육들은 좋은 대학에 들어갈 수 있느냐 없느냐로 결정 되는 것이다.

좋은 대학도 자신이 생각하기에 좋은 대학이 아니다. 대학들도 사회적으로 어떤 대학이 좋은 대학인가가 서열화 되어 있다. 서연고서성한중경외시라는 속담처럼 일컬어지는 어구도 존재한다. 자기가 갈 수 있는 점수 중에서 이중 제일 앞선 대학을 가는 것이다. 대학의 특성이나 자신에 맞나 안맞나는 중요하지 않다.

사회에 나오면 사회의 공식적 지위와 재산이 중요해진다. 이 두 가지가 그 사람을 평가하는 가장 중요한 기준이 된다. 좋은 제품을 만들어내고 좋은 서비스를 제공하는 게 중요하다고 말은 많이 한다. 하지만 좋은 제품을 만들어내서 많은 돈을 벌어야 사회적으로 성공한 게 된다. 단순히 좋은 제품을 많이 만들어냈다는 것 자체만으로는 인정을 받지 못한다. 좋은 제품을 많이 만들어냈지만, 돈은 못벌었으면 그건 성공한 사람이 아니다.

학자의 판단 기준은 좋은 논문이다. 근데 한국에서는 좋은 논문을 썼다고 해서 좋은 학자가 되지는 않는다. 좋은 대학의 교수가 되어야 한다. 논문은 그 자체로 의미를 가지는 것이 아니다. 좋은 대학의 교수가 되기 위한 수단일 뿐이다.

예술가는 좋은 작품을 만들어내야 한다. 하지만 잘나가는 예술가는 작품이 잘 팔리는 사람이다. 많이 팔리지는 않지만 작품 자체는 좋은 예술가? 한국에서는 그런 건 인정하지 않는다. 돈과 연결이 될 때 의미가 있고, 사회에서 높은 공식적인 지위를 가져야 인정이 된다. 훌륭한 업적을 달성하였지만 가난하게 산다면 그건 한국 사회에서 모델이 되지 않는다. 아무리 좋은 논문을 많이 썼어도 교수가 아니면 제대로 인정되지 않는 것이 한국 사회인거다.

오로라 공주를 만들어내는 사람들의 목적은 무엇인걸까? 오로라

공주의 작가, 피디, 제작자, 그리고 배우들, 광고주 등등 오로라 공주의 제작과 관련된 사람들의 목적은 무엇일까? 좋은 작품을 만드는 것이었을까? 제대로 된 드라마를 만드는 것이었을까? 정말로 좋은 드라마를 만드는 것이 목적이었다면 지금과 같은 스토리 전개가 되지는 않았을 것이다. 오로라 공주의 전개 스토리 자체가 좋다는 사람은 아무도 없다. 객관적으로 볼 때 오로라 공주가 전체적으로 개연성이 있다거나 지향점이 있다거나 작품으로서의 가치가 있다고 인정하는 사람들은 아무도 없다. 하지만 그럼에도 불구하고 오로라 공주는 연장 방송을 했다. 오로라 공주의 광고는 모두 다 판매되었다. 오로라 공주를 제작하는 사람들은 작품성을 보고 움직이는 게 아니다. 좋은 제품을 만들려고 하는 것이 아니다. 결국 오로라 공주를 움직이는 힘은 돈인 것이다.

광고주들은 그 작품이 좋은지 아닌지, 사람들이 비판하는지 아닌지, 욕을 하는지 칭찬을 하는지는 아무 상관이 없다. 그 드라마에 광고를 하면 사람들이 많이 보는지 아닌지만 중요하다. 광고를 보는 사람이 많아서 자기 제품의 판매량이 늘어나기만 하면 되는 거다. 그 드라마의 가치가 어떤지, 막장인지 아닌지는 중요하지 않다.

제작자 입장에서는 시청률이 제대로 나와서 광고 판매가 되느냐 안되느냐가 중요하다. 시청률이 나와서 광고 판매가 되면 좋은 것이고, 그렇지 않으면 안좋은 것이다. 그 드라마의 작품성, 개연성, 예술성, 논란성 등은 상관없다. 그런 것들이 시청률과 연관된다면 의미가 있는 것이고 시청률과 상관없다면 무시해도 된다. 드라마와 관련된 모든 사항들을 모두 검토하는 것이 아니다. 시청률이 높게 나오느냐 아니냐, 그리고 그에 따라 광고 판매가 이루어지느냐 아니냐가 중요한 것이다.

피디 입장도, 작가 입장도 마찬가지이다. 시청자들의 불만이 중요한 것일까 시청률이 중요한 것일까? 피디와 작가도 시청률이 더 중요하다. 아니 더 정확하게 말하면 시청률만 중요하다. 여러 다른 가치들을 서로 비교평가하면서 하나를 선택하고 하나를 포기하고 그러는 게 아니다. 오로지 시청률이다. 시청률이 높아야 작가는 계속 작품을 쓰면서 돈을 벌 수 있다. 시청률이 높아야 피디는 자기 자리를 계속 지켜나갈 수 있다. 작품성? 그건 시청률의 하위 개념이다. 두개가 서로 상충된다면 작품성은 얼마든지 포기할 수 있다.

사실 예술가는 작품성과 흥행성 둘 중 하나를 선택해야 하는 시점에서는 작품성을 선택하는 것이 원칙이다. 장사꾼은 흥행성을 택하지만 예술가는 작품성을 택한다. 예술의 가치가 일반적으로 인정되는 사회에서는 흥행성을 위해서 작품성을 포기하는 일은 이루어지지 않는다. 흥행성을 높이기 위해서 작품성도 같이 높이는 선택이 이루어지지, 작품성을 완전히 포기하면서 흥행성만을 추구하지는 않는다.

하지만 한국은 소용돌이 가치의 사회이다. 작품성과 흥행성이 동등한 가치를 가지지 않는다. 돈을 가져다주는 흥행성 하나만이 중요한 가치이고 작품성은 언제든지 포기할 수 있는 가치이다. 사업을 하는 사람, 장사를 사람뿐만 아니라 예술적 가치를 추구하는 사람, 작품을 직접 만드는 사람들 사이에서도 흥행성이 더 중요한 가치인거다. 돈을 가져다주는 게 중요한 거다. 그런 식의 사회적 가치 체제가 작동하기 때문에 작품성을 완전히 포기하고 흥행성만을 바라보는 드라마가 만들어질 수 있는 것이다.

증가하고 있는 사회의 다양성

현재 한국 사회는 소용돌이 가치의 사회이다. 돈과 공식적 지위, 이 두 가지가 가장 중요한 가치가 되어가고 다른 가치들은 모두 이 두 가지 가치에 종속되어가고 있다. 돈은 없지만 행복하게 사는 것, 사회적 지위는 없지만 자신의 업무에 만족하고 살아가는 것에 대해서는 특별한 가치를 인정하지 않는다. 실질적으로 무슨 업무를 하던 간에 관계없이 일단 사회에서 좋게 보는 직장에 다니는 것을 우선시한다. 수단이 어떻든 간에 우선 돈을 버는 일을 우선시한다. 사회적 지위와 돈에 몰두하고 있다.

이렇게 사회적 가치는 일원화되고 있지만, 사회의 다양성 그 자체는 증가되고 있다. 돈을 번다고 하면 돈을 벌 수 있는 수단 측면에서는 다양화되고 있다. 이전에는 저축을 해서 돈을 버는 것, 직장을 열심히 다녀서 돈을 버는 것만을 생각했다면 지금은 다양한 사업 기회를 생각하고 있고, 또 직장을 다니는 것 외에 부업들도 많이 나타나고 있다. 저축만이 아니라 재테크, 투자 등에 대해서도 관심이 높아지고 있다.

사회적 지위에 대해서도 마찬가지이다. 이전에는 사회적으로 높은 지위를 달성하는 방법은 직장에서 오래오래 지내면서 승진하는 거였다. 공무원에서 승진을 해서 장차관이 되는 것, 회사에서 승진을 해서 이사가 되는 것, 군인이 승진을 해서 별을 다는 것이 높은 지위를 얻기 위한 유일한 방법이었다. 하지만 지금은 한 곳에 오래 있으면서 승진을 하는 것 말고도 사회적 지위를 얻을 수 있는 방법은 많이 있다. 연예인이 되는 것은 오래 한다고 되는 것은 아니다. 한 작품이 뜨면 연예인들도 같이 뜬다. 한류 스타들은 공식적으로 높은 지위를 얻은 사람들보다 더 높은 사회적 지위를 가진 공적 인물로 여겨진다. 오디션을 통해서 스타가 되는 방법도 있다. 버스커버스커, 허각, 로이킴 등은 몇 년 동안 연예계에 있었던 사람들보다 훨씬 빠른 시간에 유명인이 되었고 자리를 잡았다. 벤쳐 기업으로 사장이 되는 사람, 주식투자로 돈을 버는 사람, 경매로 유명인이 되는 방법 등 사회적 지위를 얻는 방법이 다양해졌다.

돈과 사회적 지위를 얻는 방법만이 아니라 사회 전체적으로 다양성이 증가되고 있다. 인터넷이 점차 생활화되면서, 그리고 소위 소셜 미디어가 활성화되면서 사회의 다양성은 증가되고 있다. 사실 이 다양성은 한국 사회가 원래는 다양하지 않았지만 현재 다양성이 증가되고 있는 것인지, 아니면 원래 한국 사회가 다양하기는 했지만 그것이 일반적으로는 전혀 알려지지 않았다가 인터넷과 소셜미디어에 의해서 다양성이 알려지게 된 것인지의 의견 대립은 있다. 한국 사회가 현대화되고, 기술이 발전하면서 사람들의 다양성이 증가된 것일 수도 있다. 아니면 원래 한국 사회가 다양하기는 했는데 그동안은 이런 다양성이 알려질 수 없었던 것의 문제였을 수도 있다. 다른 사람들에게 알려지기 위해서는 언론의 힘이 필요하다. 하지만 신문과 텔레비전이 주된 언론이었을 때는 신문기사로 실려야, 방송으로 나가야 만이 사람들이 알 수 있었다. 하지만 하루에 실리는 신문기사의 양은 한정되어 있다. 방송으로 뉴스가 전달되는 분량도 정해져 있다. 사회적으로 중요한 사건들을 전달하는 데만도 신문 분량, 뉴스 분량은 모두 찼다. 그래서 중요성이 상대적으로 떨어지는 소소한 사건들은 다른 사람들에게 전달될 수 없었다.

하지만 지금은 인터넷의 시대, 인터넷 중에서도 소셜 미디어의 시대이다. 누구나 다 자기 자신의 이야기를 인터넷에 올릴 수 있다. 그리고 소셜 미디어를 통해서 사람들에게 퍼져 나갈 수 있다. 이전에는 조금 특별하기는 했지만 사람들에게 널리 알려지기 힘든 사건들이 지금은 과거 신문에 실린 것과 똑같이, 방송에 나갔던 것과 똑같이 사람들에게 알려질 수 있다. 사람들이 자기들의 이야기, 주변인들의 이야기들을 이야기하고 전파되면서, 사람들은 이전에는 접할 수 없었던 다양한 이야기들을 접할 수 있게 된다. 사회의 다양성이 증가된 거다.

　사실 오로라 공주의 논란이 되는 스토리들은 이런 사회의 다양성 하에서 나온 것들이다. 이전에는 생각할 수 없었던 이야기들, 드라마 에서 나올 수 없는 이야기들이 사회의 다양성이 증가하면서 드라마 에 나오게 된 것 들이다.

　오로라 공주에서 가장 논란이 된 이야기 중의 하나는 ‘암 세포도 생명이다. 암세포와 더불어 살아야 한다. 그래서 암세포를 잘라내는 수술을 하지 않겠다’ 는 이야기이다. 암 세포도 자기 자신의 일부이고 그래서 암세포와 같이 살아가겠다는 말은 정말 말도 안되는 이야기 이다. 현대 의학에서의 암 치료 방법, 그리고 일반 사람들의 의학 상 식과 동떨어진 말이다. 하지만 이런 의견이 정말로 헛소리냐고 한다 면 그렇진 않다. 이런 주장이 정말 엉터리이고 근거가 없는 이야기냐 고 묻는다면 그렇지는 않다고 해야 한다.

　일본 암 전문 의사가 쓴 책 중에 〈암 치료가 당신을 죽인다〉라는 책이 있다. 암 세포는 외부에서 침입한 바이러스나 세균과는 다르다. 자기 자신의 몸 세포가 암 세포가 된 것이다. 그래서 암 세포를 없애 려고 하는 치료 방법은 자기 자신에게 오히려 해가 될 수 있다. 암은 자기 몸과 같이 돌보고 보살펴야 한다고 주장한다. 이런 말이 어중이 떠중이가 하는 말인가? 그렇지 않다. 이건 의사가 주장하는 거다. 그

것도 암 전문 의사가 주장하고 있는 말이다. 오로라 공주의 그 대화
는 이런 이야기들이 대본에 적힌 거다.

개의 사주를 본다는 말도 마찬가지이다. 사실 개의 사주를 본다는
것은 이전부터 서울 강남의 된장녀들의 행동들을 풍자하면서 많이
돌아다녔던 이야기들이다. 강남구 개포동이 '개도 포르쉐를 타고 다
니는 동네'라고 해석을 하듯이, 애완견을 시주단지 모시듯 하는 특수
지역과 계층의 행태를 희화하면서 하던 이야기들이다. 인터넷 상에
서 돌아다니던 이야기다. 이 이야기가 공중파 드라마에서 방영되게
된 것이다.

무슨 말인가 하면, 오로라 공주에서 논란이 되는 이야기들이 사실
오로라 공주 작가의 완전한 창작품은 아니라는 것이다. 아무도 생각
하지 않고 떠올리지도 못하는 아이디어를 오로라 공주의 작가가 혼
자 생각해내서 쓴 이야기가 아니다. 정말 이 이야기들을 임성한 작가
가 혼자 머리속에서 떠올려서 쓴 거라면 임성한 작가는 희대의 천재
이다. 세상에 없는 새로운 것을 완전히 새로 생각해내고 만들어내는
것은 정말 어려운 일이다. 현대 시대 최고의 천재라고 일컫는 스티브
잡스도 새로 만들어낸 작품은 애플 2, 아이팟, 아이폰, 아이패드 등 4
개 밖에 없다. 세상에 없었던 제품 4개를 만들어내고 세계적인 천재
가 되었다. 사실 이들 제품들도 완전히 새롭게 만들어낸 건 없다. 기
존에 있던 제품들, 기술들을 새로운 디자인으로 한데 모았을 뿐이다.
하지만 그 정도만으로도 충분히 천재적인 거다.

사회에 없던 새로운 4가지를 만들어낸 것만으로 세계적인 희대의 천재가 된다. 그런데 오로라 공주의 작가가 정말로 그동안 없었던 새로운 개념들을 만들어냈을까? 임성한 작가가 그렇게까지 천재적인 작가인걸까? 그렇진 않다. 오로라 공주에서 특별한 에피소드로 나오는 것들은 대부분 오로라 공주가 처음은 아니다. 암세포를 잘라내려 하지 말고 더불어 살아야 한다는 이야기도 이미 주장하는 사람들이 있다. 개의 사주를 본다는 이야기도 이미 있었던 이야기다. 드라마에 말풍선을 띄우는 것도 이미 시도된 것들이다. 드라마에 애니메이션적인 요소를 집어넣는 것은 일본에서는 많이 적용되는 기법이다.

사회는 다양화되고 있다. 그래서 이런 특별한 이야기들이 어디에선가는 논의되고 이슈가 되고 있다. 일반 사람들은 잘 모르는 이야기이다. 언론이나 방송에서는 언급되지 않는다. 하지만 인터넷과 소셜 미디어의 어디에선가는 그런 이야기들이 전개되고 있다. 이런 독특한 이야기들이 계속 인터넷과 소셜 미디어 속에서 계속 논의되고 있기에 이 사회는 다양화되어가고 있는 것이다.

오로라 공주는 일반적으로 언론이나 방송에서는 언급하고 있지 않지만, 특정한 인터넷 사이트, 소셜 미디어에서는 언급되는 이야기들을 찾아내서 소개하고 있다. 작가가 특별히 이런 것들을 일부러 찾지는 않고, 그냥 그동안 오랜 기간 동안 자료수집들을 하면서 자연스럽게 얻게 된 내용일 수도 있다. 하지만 분명한 것은 이런 이야기들을 오로라 공주의 작가가 처음 만들어낸 건 아니라는 거다. 인터넷 어디에선가 돌아다니는 이야기들이다. 다양화된 사회에서 어디에선가 이야기되고 공론화된 것들이다. 오로라 공주의 작가는 그런 다양화된 의견들을 오로라 공주의 대본에 집어넣고 있다. 과거에 주요 언론과 방송에서 하는 이야기들만이 일반인들에게 전달될 때는 절대 소개될 수 없는 내용과 에피소드들이 지금은 드라마에서 전개될 수 있게 된 거다.

암세포와 더불어 살아야 한다는 언급, 개의 사주를 본다는 상황 등은 일반인의 감정과는 동떨어져 있다. 하지만 이런 내용에 대해서 알고 인지하고 있는 소수의 사람들이 있다. 많은 일반인들은 이런 파격적인 내용에 불편해한다. 하지만 이런 내용을 간접적으로나마 이미 인지하고 있던 사람들은 드라마에서 이런 이야기가 나올 때 웃게 된다. 많은 사람들은 이런 이야기에 불편해하지만 이런 이야기에 웃는 사람들도 있는 거다. 그리고 드라마는 모든 사람들의 마음에 들 필요는 없다. 일일 드라마는 10%만 넘어도 충분한 것이다. 열 명 중에 한 명에게만 재미를 줄 수 있는 이야기로 10%가 넘는 사람들에게만 재미를 주어도 된다. 소수의 사람들만 받아들일 수 있는 이야기를 해도 히트 드라마가 될 수 있는 것, 그게 사회가 다양해질 때 나타나는 현상 중 하나이기도 하다.

막장 드라마가 더 이상 한국에서 방영되지 않으려면 먼저 시청자가 바뀌어야 하는 것이다.

오로라 공주 드라마는 2013년 12월 20일에 끝났다. 오로라 공주 드라마가 끝나면 오로라 공주와 연관된 모든 이야기도 같이 끝나는 것일까? 지금 오로라 공주와 관련된 많은 이야기들은 오로라 공주가 끝나면 앞으로는 다시 반복되지 않을 이야기들일까?

오로라 공주가 단지 하나의 작품에 불과하다면 그럴 것이다. 오로라 공주가 방영 되는 동안에는 이러쿵저러쿵 많은 논란이 있었겠지만, 오로라 공주 종영 후 시간이 조금만 지나도 오로라 공주에 대한 이야기는 자연스럽게 사라져 갈 것이다. 오로라 공주의 내용을 욕하는 이야기들도 필요가 없어질 것이다. 이미 종영이 되고 모든 스토리가 확정된 상황에서는 더 이상 내용을 욕해도 필요가 없다. 시청률을 가지고 말이 많았지만, 더 이상 새로 나올 시청률이 없는 상황에서 시청률 이야기를 더 해서 무엇 할까?

작가가 앞으로 또 다른 스토리를 들고 드라마 방영을 하면 작가에 대해서는 이런 저런 이야기가 나올 수 있을 것이다. 하지만 그때 할 이야기는 새로 시작하는 드라마와 관련 되서 하는 이야기가 주류일 거다. 오로라 공주는 '이전에 이 작가가 쓴 오로라 공주에서는 이랬었는데..' 라는 정도로 넘어가고 새로 시작하는 드라마 이야기에 대한 논의가 많은 것이다. 오로라 공주에 대한 직접적인 언급과 비판은 드라마가 방영되는 시기에 많이 이루어질 수밖에 없다. 그것이 또 드라마의 한계이기도 하다.

하지만 정말로 오로라 공주 이야기는 오로라 공주 드라마가 끝나면 끝나는 것일까? 아닐 거다. 오로라 공주와 관련된 많은 이야기는 당분간은 계속해서 재생산 될 것이다. 오로라 공주라는 이름이 명시적으로 드러나지 않을 수는 있다. 하지만 오로라 공주가 상징하는 것들 – 막장 드라마, 드라마 내용의 불합리성, 황당무계한 내용, 드라마 출연진들의 어려움, 드마라 제작자와 피디, 작가와의 관계, 드라마의 시청률, 시청률을 위한 드라마의 전개 등등에 대해서는 계속해서 이야기가 될 것이다. 특히 막장 드라마가 어디까지 가고 어떤 내용까지 담게 될까에 대해서는 계속 시청자들과 인터넷 네티즌들의 관심이 지속될 거다. 그건 오로라 공주가 단순히 오로라 공주가 아니기 때문이다. 오로라 공주는 현대 한국 사회 막장 드라마의 대표작이다. 오로라 공주와 관련된 이야기들은 단순히 오로라 공주에서 끝나는 이야기가 아니라, 한국 막장 드라마의 전개와 관련된 내용들이다.

그리고 이 오로라 공주로 대표되는 한국의 막장 드라마는 한국 사회의 현실을 반영한 것들이다. 한국 사회가 앞으로 변해나가지 않는 이상 막장 드라마는 계속해서 나오게 될 것이다. 그리고 막장 드라마가 계속해서 나타나는 이상, 지금 오로라 공주와 관련된 모든 이야기들은 앞으로도 지속적으로 반복되어 나오게 될 것이다.

그럼 한국 사회는 언제까지 막장 드라마가 인기리에 방영되게 될까? 막장 드라마에 대해서 비판하면서도 막장 드라마를 즐겨보는 이 패러독스가 언제까지 지속될까? 그건 막장 드라마를 만드는 사람들의 의식과 생각이 바뀌어야 한다. 그리고 막장 드라마를 보는 사람들의 마음이 변화해야 한다. 막장 드라마를 볼 때 '재미있다' 거나, '그럴 듯하다' 고 생각하지 않고, '드라마 내용이 정말 이상하다', '나에게는 정말 안 맞는 이야기다', '재미가 없어서 더 이상 볼 수 없다' 라는 생각이 들어야 한다. 그래서 누가 보라고 해도 볼 수 없고 보기가 싫어져야 한다. 그러면 자연히 시청률은 떨어진다. 드라마를 만드는 제작자, PD, 작가는 아무리 자기들이 하고 싶은 드라마라 해도 시청률이 낮으면 만들지 않는다. 막장 드라마가 더 이상 한국에서 방영되지 않으려면 먼저 시청자가 바뀌어야 하는 것이다. 지금 막장 드라마를 좋아하는 시청자들이 더 이상 막장 드라마를 찾지 않을 때, 그때가 한국에서 막장 드라마가 없어지는 때이다. 그때가 더 이상 오로라 공주 이야기를 하지 않게 되는 때인 것이다.

그러면 시청자들이 막장 드라마 이야기를 더 이상 안보게 되려면 어떻게 해야 하는 걸까? 막장 드라마는 내용이 좋지 않고 드라마로서 질이 낮으니 더 이상 보지 말라고 말을 하면 되는 걸까? 시청자들에 대해 의식 교육을 시키면 되는 걸까? 막장 드라마를 보면 사회적으로 비난을 받도록 사회 분위기를 만들면 되는 걸까? 아니면 아예 제작진, PD들을 대상으로 막장 드라마를 만들지 말도록 명령을 하면 어떨까? 작가가 막장 드라마를 쓰는 것을 아예 금지하면 어떨까? 그러면 막장 드라마가 만들어지지 않고, 시청자들이 보지 않게 되지 않을까?

그런데 사회는 그런 식으로 굴러가지 않는다. 사람들이 원하고 수요가 있으면, 공급은 어떻게든 이루어지게 되어 있다. 법적으로 금지를 하면 회피 수단이 나타나고 탈법 수단이 나타난다. 대중의 힘은 강력하다. 대중의 힘은 바로 민주주의의 힘이기도 하다. 현대 사회에서 민주주의는 모든 것을 지배한다. 아무리 법적으로 금지하고 처벌을 한다 해도 사람들이 막장 드라마를 좋아하면 막장 드라마는 계속 나타나게 되어 있다. 드라마를 강력히 규제하면 드라마는 더 이상 만들어지지 않을 수 있다. 대신 막장 영화가 나타나게 될 것이다. 막장 연예, 막장 다큐멘터리, 막장 연극, 막장 소설, 막장 뮤지컬 등등 드라마 외의 다른 형태로 막장의 스토리는 계속 이어지게 될 것이다.

결국 막장 드라마가 더 이상 한국에 통용되지 않기 위해서는 막장 드라마를 사람들이 더 이상 좋아하지 않도록 사회 분위기가 바뀌는 수밖에 없다. 사회 전체적인 의식이 변화할 수밖에 없다. 배다른 자식, 혈연관계 사이의 사랑, 불륜, 황당무계한 스토리 전개 등 막장 드라마의 전형적인 요소들이 더 이상 드라마의 주류적인 이야기가 될 수 없도록 사람들의 선호 체계가 바뀌어야 하는 것이다.

　이런 선호 체계가 변화하는 것을 사람들은 잘 느끼지 못한다. 하지만 한국 사회에서 이런 사람들의 선호는 분명히 바뀌고 있다. 1년, 2년 사이에 확 바뀌지 않아서 사람들이 잘 느끼지 못하고 있을 뿐, 한국 사람들의 선호는 분명히 변화하고 있다. 20년 전의 나와 10년 전의 내가 동일인이라고 해서 같은 사람이라고 생각하면 안 된다. 20년 전에 내가 가지고 있던 사고방식, 사고 체계와 10년 전의 내가 가지고 있던 생각의 방식은 완전히 다르다. 마찬가지로 10년 전 나의 사고방식과 지금 나의 사고방식도 다르다. 10년, 20년 사이에 외모만 달라진 것이 아니다. 내부적인 사고 체계, 선호 체계도 바뀌었다. 그런데 하루아침에 바뀐 게 아니라 시간에 따라 조금씩 바뀌어서, 또 나만 바뀐 게 아니라 주변 사람들 모두가 같이 바뀌었기 때문에 그렇게 바뀌었다는 것을 못 느끼고 있는 것이다.

　80년대의 영화를 되돌려보라. 그 당시의 남녀 간 관계에 대한 영화에는 거의 다 강간, 매춘 등의 이야기가 나온다. 여자는 항상 남자에게 강간을 당했고, 여자들은 남자에게 몸 바치고 버림을 받는 이야기가 주종이다. 강간까지는 아니라 하더라도, 남자가 여자와 자는 것은 거의 다 남자의 억지에 의해서 이루어진다. 당시의 히트작들인 무릎과 무릎사이, 매춘, 어우동 들이 모두 기본적으로 강간에 의해서 스토리가 전개되는 것이다.

지금의 영화를 살펴보자. 지금 상영되고 또 히트친 영화중에서 강간이 주 소재가 되는 영화는 없다. 몇몇 범죄 관련 영화에서 강간이 언급되지 일반적인 히트작 중에서 강간을 소재로 하고 있는 영화는 없다. 지난 20년 사이에 한국 사회는 그렇게 변화했다. 지금은 남녀 간 진실한 사랑 이야기를 하고, 사랑을 위해서 관계를 맺어야 하는 것이지, 남녀 간 관계가 남자의 억지에 의해서 이루어질 수 없다. 강간이 주된 소재로 항상 활용되던 시대에서 더 이상 강간이 주된 영화의 소재가 될 수 없는 사회로 변화된 것이다.

막장 드라마가 어쩌다 한 두 편 정도 히트할 수는 있다. 하지만 막장 드라마가 현재 한국 드라마에서 하나의 장르를 이룰 정도가 된다는 것은 막장 드라마가 현대를 사는 한국인의 마음에 맞는 무언가가 있다는 뜻이다. 그렇다면 현대 한국인의 사고 체계가 변화하기 전까지는 막장 드라마는 계속 한국 사회에 남아있게 될 것이다. 한국 사회가 변화하고 한국 사람들의 마음이 변화할 때, 그때 막장 드라마도 더 이상 방영되지 못하게 될 것이다. 바로 그때가 더 이상 오로라 공주 이야기를 하지 않게 될 때인 것이다. 그리고 그때가 한국 사회는 좀 더 건전화되고, 한국 사람들의 마음이 보다 나아지게 될 때일 것이다. ᳵ

우리는 왜 막장드라마에
열광하는가

초판인쇄	2014년 1월 20일
초판발행	2014년 1월 25일

지은이	최성락 윤수경
발행인	방은순
펴낸곳	도서출판 프로방스
표지&편집 디자인	Design CREO
마케팅	최관호
ADD	경기도 고양시 일산동구 백석2동 1301-2
	넥스빌오피스텔 904호

전화	031-925-5366~7
팩스	031-925-5368
이메일	provence70@naver.com
등록번호	제396-2000-000052호
등록	2000년 5월 30일
ISBN	978-89-89239-85-0 03810

정가 13,800원